## LES ROYAUMES OUBLIÉS
## AU FLEUVE NOIR

La trilogie des Avatars
1. *Valombre*
2. *Tantras*
3. *Eau Profonde*
par Richard Awlinson

La trilogie de l'Elfe Noir
4. *Terre Natale*
5. *Terre d'Exil*
6. *Terre Promise*
par R.A. Salvatore

La trilogie des héros de Phlan
7. *La Fontaine de Lumière*
8. *Les Fontaines de Ténèbres*
9. *La Fontaine de Pénombre*
par James M. Ward, Jane Cooper Hong et Anne K. Brown
10. *Magefeu*
par Ed Greenwood

La trilogie de la Pierre du Trouveur
11. *Les Liens d'azur*
12. *L'Éperon de Wiverne*
13. *Le Chant des Saurials*
par Jeff Grubb et Kate Novak
14. *La Couronne de feu*
par Ed Greenwood

La trilogie du Val Bise
15. *L'Eclat de Cristal*
16. *Les Torrents d'argent*
17. *Le Joyau du petit homme*
par R.A. Salvatore

La trilogie du Retour aux Sources
18. *Les Revenants du fond du gouffre*
19. *La Nuit éteinte*
20. *Les Compagnons du renouveau*
par R.A. Salvatore
21. *Le Prince des mensonges*
par James Lowder

La pentalogie du Clerc

22. *Cantique*
23. *A l'Ombre des forêts*
24. *Les Masques de la Nuit*
25. *La Forteresse déchue*
26. *Chaos cruel*
    par R.A. Salvatore
27. *Elminster, la jeunesse d'un mage*
    par Ed Greenwood

La trilogie des Sélénæ

28. *Le Coureur des ténèbres*
29. *Les Sorciers noirs*
30. *La Source obscure*
    par Douglas Niles

La trilogie de la Terre des Druides

31. *Le Prophète des Sélénæ*
32. *Le Royaume de Corail*
33. *La Prêtresse devint reine*
    par Douglas Niles

La trilogie des Ombres

34. *Les Ombres de l'Apocalypse*
35. *Le Manteau des Ombres*
36. *... Et les Ombres s'enfuirent*
    par Ed Greenwood
37. *Vers la lumière*
    par R.A. Salvatore
38. *La Fille du sorcier drow*
    par Elaine Cunningham
39. *L'Etreinte de l'Araignée*
    par Elaine Cunningham
40. *La Mer Assoiffée*
    par Troy Denning
41. *L'ombre de l'elfe*
    par Elaine Cunningham
42. *Magie Rouge*
    par Jean Rabe
43. *Retour à la Clarté*
    par R.A. Salvatore

LES ROYAUMES OUBLIÉS™

# LES MASQUES DE LA NUIT

par

**R. A. SALVATORE**

**Couverture de**
**JEFF EASLEY**

FLEUVE NOIR

Titre original :
*Night Masks*

Traduit de l'américain
par Isabelle Troin-Joubaud

Collection dirigée par Patrice Duvic
et
Jacques Goimard


TSR Stock N°. 8490
ISBN : 2-265-05876-9
ISSN : 1257-9920

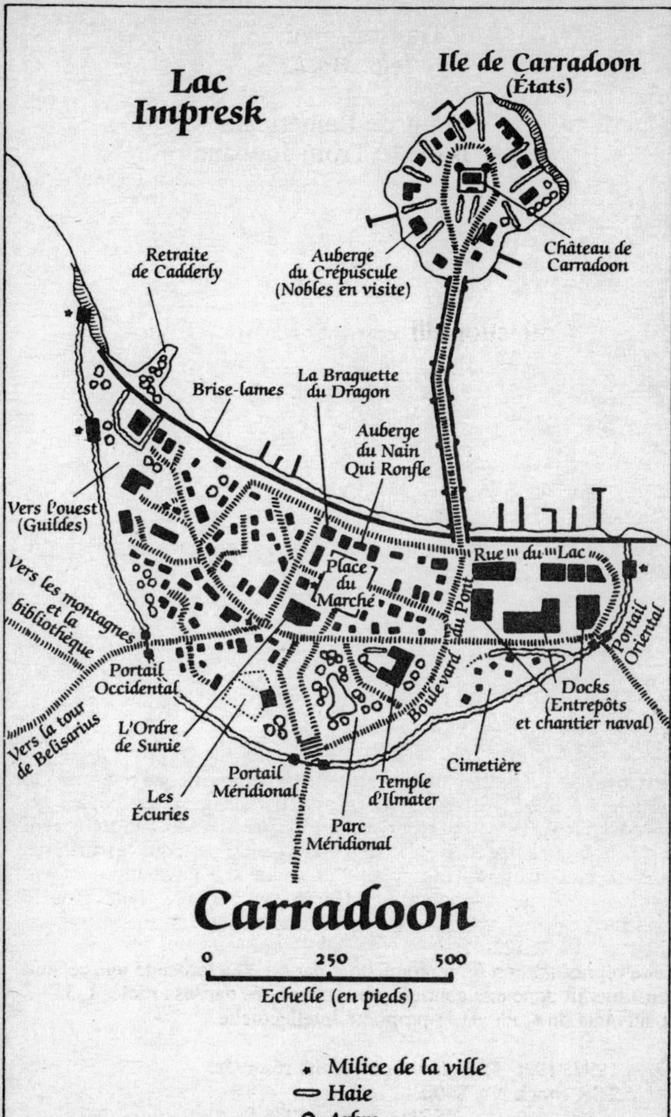

Lac Impresk
Ile de Carradoon
(États)
Retraite de Cadderly
Auberge du Crépuscule (Nobles en visite)
Château de Carradoon
Brise-lames
La Braguette du Dragon
Auberge du Nain Qui Ronfle
Vers l'ouest (Guildes)
Rue du Lac
Place du Marché
Boulevard du Pont
Vers les montagnes et la bibliothèque
Portail Occidental
Portail Oriental
Docks (Entrepôts et chantier naval)
Vers la tour de Belisarius
L'Ordre de Sunie
Portail Méridional
Temple d'Ilmater
Cimetière
Les Écuries
Parc Méridional
Carradoon
0
250
500
Echelle (en pieds)
Milice de la ville
Haie
Arbre

# PROLOGUE

Mal à l'aise, le robuste guerrier s'agitait sur son siège en explorant des yeux la taverne presque vide.

— C'est plutôt calme ce soir, fit remarquer un homme mince assis de l'autre côté de la table.

Il croisa les jambes et posa un bras osseux sur ses genoux.

Le guerrier commençait à comprendre. Il lui jeta un regard inquiet.

— Et vous vous y connaissez en matière de fréquentation, je suppose ?

— Bien sûr.

Le guerrier se retourna juste à temps pour voir le dernier client se glisser par l'entrebâillement de la porte.

— C'est vous qui leur avez demandé de partir ?

— Oui.

— Vous êtes envoyé par Mako, dit le guerrier, sur un ton plus affirmatif qu'interrogatif. ( L'homme mince acquiesça. ) Pour me tuer, termina son vis-à-vis en tentant de rester le plus calme possible.

Mais le tremblement de ses doigts trahissait sa nervosité. Passant la langue sur ses lèvres, il détailla le tueur de la tête aux pieds. Il remarqua que celui-ci portait des gants, un blanc et un noir, et se maudit de ne pas avoir été plus observateur.

— Tu savais que Mako te ferait payer la mort de son cousin, reprit l'inconnu.

— Mais c'était sa faute, rétorqua le guerrier. C'est lui qui m'a attaqué le premier ! Je n'avais pas le choix...

— Je ne suis ni juge ni jury, lui rappela son interlocuteur.

— Juste un assassin au service du plus offrant.

L'homme hocha la tête sans se formaliser. La main de sa proie glissa dans la poche de sa tunique, juste au-dessus de sa hanche droite.

— Pas de ça, dit doucement le tueur.

Il surveillait sa victime depuis des semaines, et connaissait par cœur ses habitudes.

Le guerrier s'interrompit et lui lança un regard incrédule.

— Je sais que tu as un couteau là-dedans. Comprends bien, mon cher Vaclav, que tu ne peux me surprendre.

— Mais pourquoi maintenant ?

— C'est l'heure. Chaque chose en son temps, les assassinats comme le reste. De plus, j'ai affaire dans l'ouest, et je veux quitter la ville.

— Vous avez eu des tas d'occasions d'en finir, avant ce soir.

Par son allure chétive, l'homme avait réussi à endormir la méfiance de Vaclav.

— Encore plus que tu ne crois, ricana l'exécuteur. Contrairement aux bouchers qui se disent des tueurs, je suis fier de ma profession. Les autres gardent leurs distances jusqu'à ce qu'une occasion de frapper se présente... Moi je préfère personnaliser les rapports. Aujourd'hui, plusieurs de tes amis sont morts, et je te connais si bien que je peux anticiper chacun de tes mouvements...

Vaclav en eut le souffle coupé. Plusieurs de ses amis étaient morts ? Et ce nabot le menaçait ouvertement ? Il avait vaincu en combat singulier des monstres qui faisaient dix fois son poids, survécu à trois guerres et même lutté contre un dragon ! Pourtant, cette fois il devait reconnaître qu'il avait peur.

— Je suis un artiste, poursuivit l'inconnu. Voilà pourquoi je survivrai alors que mes confrères connaîtront une fin prématurée.

— Vous êtes un assassin et rien de plus ! s'exclama Vaclav.

Il bondit de son siège, tira son épée...

Une vive douleur le ralentit ; il réalisa qu'il était toujours assis. Puis il cligna des yeux, stupéfait : il contemplait son propre visage ! Bouche bée, il regarda sa main remettre sa lame au fourreau.

— Et voilà, dit le tueur qui avait maintenant ses traits.

Vaclav baissa les yeux vers sa nouvelle silhouette — qui, un instant plus tôt, était celle de son interlocuteur.

— Comment... ?

— Je crains de n'avoir pas le temps de t'expliquer.

— Quel est votre nom ? demanda Vaclav, s'efforçant désespérément de gagner du temps.

— Fantôme, répondit le tueur.

Il se pencha vers le corps chétif de sa victime — qu'il savait pouvoir maîtriser sans problème.

Le guerrier se sentit soulevé du sol. Ses propres mains se refermèrent sur sa gorge, commencèrent à serrer...

— Le fantôme de qui ? gargouilla-t-il.

Puis il ne parvint plus à respirer. Le craquement de ses os fut le dernier bruit qu'il entendit.

— Pas « le fantôme », lâcha l'assassin, laissant tomber le cadavre. Juste « Fantôme ».

Il se rassit pour terminer sa bière. Cette mission avait été agréable ; comme il avait été facile de se rendre maître de Vaclav !

— Un artiste, répéta Fantôme.

Il leva sa chope et porta un toast à sa propre habileté.

Son corps, qu'il préférait, serait réparé par magie avant l'aube. Il pourrait alors le reprendre et abandonner le cadavre de Vaclav derrière lui.

En parlant d'une affaire urgente dans l'ouest, il n'avait pas menti. Un magicien avait contacté sa guilde, proposant une somme faramineuse pour un contrat mineur.

Il voulait le meilleur. Autrement dit : Fantôme.

# CHAPITRE PREMIER

## CHAMPS PLACIDES

Cadderly s'éloigna de la tour de pierre, traversa les champs et se dirigea vers la petite ville de Carradoon. L'automne était arrivé ; les érables étincelaient dans leur parure écarlate. Le soleil brillait dans le ciel, contrastant avec la brise froide qui soufflait des Monts-Flocons, soulevant sa cape.

Mais Cadderly, troublé, ne remarquait rien.

D'une main, il repoussa les boucles châtaines qui lui tombaient sur les yeux, et grogna en voyant qu'elles reprenaient aussitôt leur place. Il n'avait encore jamais eu les cheveux aussi longs. De rage, il les coinça sous son chapeau à larges bords.

Quelques minutes plus tard, il arriva sur la rive du Lac Impresk, un coin champêtre où paissaient des troupeaux. Carradoon était fortifiée, comme la plupart des villes des Royaumes. La cité était constituée de hauts bâtiments serrés les uns contre les autres ; un pont la reliait à une île réservée aux dirigeants et aux notables.

Cadderly contempla la ville avec des sentiments partagés. Il était né ici, mais il ne se souvenait pas des années qu'il y avait passées : les premières de sa vie. Son regard glissa sur les murs de Carradoon, vers l'ouest et les Monts-Flocons, là où se dressait l'Edifiante Bibliothèque.

Depuis ses cinq ans, ce bastion de la connaissance avait été le seul foyer du jeune érudit. Mais il avait réalisé depuis peu qu'il ne s'y sentait pas chez lui, et il l'avait quittée — pensait-il — pour toujours. Il n'était pas pauvre ; quelques mois auparavant, un magicien lui avait versé une somme rondelette pour retranscrire un livre de sorts. Ainsi, il avait les moyens de subvenir à ses besoins.

Mais tout l'or du monde n'aurait pu lui acheter un foyer, ni libérer son esprit des tourments qu'il endurait.

Cadderly avait grandi trop vite. Il avait été brutalement confronté aux réalités d'un monde violent et imparfait, catapulté dans le rôle d'un héros guerrier alors qu'il rêvait seulement de lire les aventures des autres. Il avait tué un homme, puis pris part à une guerre sauvage qui avait failli exterminer un peuple...

Le jeune homme songea à la chambre qu'il louait à l'auberge de la *Braguette du Dragon*. Le *Grimoire de l'Harmonie Universelle*, son bien le plus précieux au monde, reposait ouvert sur une table. L'ouvrage lui avait été donné en cadeau par la principale Pertélope, une prêtresse de haut rang. Pertélope avait affirmé à son élève qu'il y trouverait les réponses à ses questions.

Mais Cadderly n'en était pas du tout sûr.

Il s'assit sur la pente herbeuse qui surplombait la ville, gratta sa barbe et se demanda pour la millième fois quel était son but dans l'existence. Otant son chapeau, il observa l'insigne attaché à son ruban rouge : un œil et une bougie, symboles religieux du dieu de la littérature et des arts.

Cadderly servait Dénéir depuis toujours, sans savoir pourquoi. Le jeune homme était un érudit et un inventeur ; il croyait de tout son cœur en la connaissance et la création — deux concepts essentiels pour le clergé dénéirien.

Mais il y avait peu de temps que Cadderly avait réalisé les implications de sa foi. Dénéir n'était pas qu'un symbole, un idéal conçu pour l'émulation des érudits. Dans la forêt, le jeune prêtre avait senti naître en lui des pouvoirs incompréhensibles. Il avait guéri un ami mourant par magie, puis eu une perception très spéciale de l'identité et de l'histoire elfiques. Il avait vu l'esprit d'un cheval mort s'élever de son corps et s'en aller... Il avait vu une dryade cachée dans un arbre, puis l'obligeant à exécuter ses ordres...

Aucun doute : il possédait d'étranges capacités. Ses pairs considéraient que Dénéir était la source de cette magie, et ils en étaient heureux. A la lumière de ce qu'il avait fait de son pouvoir, de ce qu'il était devenu et des horreurs auxquelles il avait assisté, Cadderly n'était pas certain de vouloir les faveurs de Dénéir...

Le jeune homme se leva et s'engagea sur la route qui menait à la ville fortifiée. Peut-être trouverait-il dans le grimoire quelques réponses... et un peu de paix.

*

* *

Il feuilleta les pages, tentant de se concentrer. Mais c'était impossible ; dès que ses yeux se posaient sur l'une, il ne pouvait s'empêcher de passer à la suivante. Sa soif d'apprendre était inextinguible.

Il arriva à la fin du *Grimoire* — un ouvrage de près de deux mille pages —, en quelques minutes. Frustré, il le referma et se leva. Peut-être ferait-il mieux de partir en promenade ou d'aller retrouver son nouvel ami Brennan, le fils de l'aubergiste.

Puis, malgré lui, il se rassit et se remit à feuilleter le livre. Les pages défilaient à toute allure sans qu'il ait le temps de déchiffrer plus d'un mot ou deux sur chacune. Pourtant, la « chanson » de l'ouvrage résonnait dans sa tête. C'était comme si tous les mystères de l'univers s'étaient unis dans cette mélodie douce et mélancolique — un chant de vie et de mort, de rédemption et de damnation, d'énergie éternelle et de matière finie.

Il entendait des voix anciennes. Elles fredonnaient dans les tréfonds de son cerveau, mais il ne pouvait pas plus saisir leurs paroles que les mots sur le papier. Pourtant, il comprenait le sens du chant...

Cadderly sentit ses forces s'épuiser. Ses yeux brûlaient, mais il ne pouvait les fermer ; son esprit s'élançait dans plusieurs directions, découvrait des secrets, les rangeait dans son subconscient. Allait-il devenir fou, ou se laisser consumer par le livre ?

Ce qu'il comprit alors lui donna la force de refermer l'ouvrage. De nombreux prêtres dénéiriens, parmi les plus hauts de l'Edifiante Bibliothèque, avaient été retrouvés morts, la tête reposant sur le *Grimoire de l'Harmonie Universelle*. Leur décès avait été attribué à des causes naturelles, mais Cadderly réalisa que ça n'avait pas dû être exact.

Ces hommes et ces femmes avaient voulu entendre le chant de Dénéir, et ils n'avaient pas eu assez de volonté pour en contrôler les effets...

Cadderly fronça les sourcils et regarda la couverture de cuir noir avec méfiance — comme si elle recelait une créature démoniaque. Mais ce n'était pas le cas ; il se surprit à rouvrir le livre et à reprendre son survol frénétique.

La mélancolie l'assaillit ; les portes protégeant les révélations s'ouvrirent, leurs secrets vinrent trouver une place dans son esprit...

Peu à peu, les paupières de Cadderly se fermèrent.

Pourtant, le chant continuait : la musique des sphères éternelles, des levers et des couchers de soleil...

Cela n'en finissait plus. Le jeune érudit eut la sensation de tomber, de n'être plus qu'une note parmi des milliers d'autres...

— Cadderly ?

On l'appelait de très loin, d'un autre monde. Il sentit une main froide se refermer sur son épaule et l'obliger à se retourner. Ouvrant un œil ensommeillé, il aperçut les boucles noires et le visage souriant du jeune Brennan.

— Tu vas bien ?

Cadderly hocha la tête et se frotta les paupières. Il se redressa dans sa chaise ; ses muscles engourdis lui faisaient mal. Combien de temps était-il resté assoupi ?

Mais non. Il n'était pas en train de dormir. De quoi pouvait-il bien s'agir ?

*C'était un voyage,* se dit-il. Mais vers où ?

— Qu'est-ce que tu lis ? demanda Brennan en se penchant pour regarder le livre.

La question arracha Cadderly à ses réflexions. Terrifié, il repoussa son ami et referma hâtivement le grimoire.

— Ne regarde pas !

— Je... je suis désolé, balbutia Brennan, surpris. Je ne voulais pas...

— Je le sais bien, dit Cadderly en se forçant à sourire.

Il n'avait aucune intention de blesser le jeune homme qui s'était montré si gentil avec lui au cours des dernières semaines.

— Tu n'as rien fait de mal. Mais promets-moi que tu ne liras jamais cet ouvrage — du moins tant que je ne serai pas là pour te guider.

Brennan recula d'un pas, jetant un regard effrayé au gros volume relié de cuir.

— Il est magique, expliqua Cadderly, et il peut faire

du mal à celui qui le lit sans précautions. Crois-moi, je ne suis pas en colère... Tu m'as fait peur en rentrant dans la chambre, c'est tout.

Brennan hocha la tête, l'air peu convaincu.

— Je t'ai apporté à manger, dit-il en tendant le doigt vers un plateau posé sur la table de nuit.

Cadderly sourit. Ce brave Brennan ! On pouvait lui faire confiance. Lorsqu'il était arrivé à la *Braguette du Dragon*, le jeune érudit n'aspirait qu'à la solitude. Il s'était arrangé avec Fredegar Harriman, l'aubergiste, pour qu'on dépose ses repas devant la porte de sa chambre. Puis il avait changé d'avis en apprenant à connaître et à apprécier le fils du patron. A présent, l'adolescent avait la permission de pénétrer dans sa chambre et d'y laisser le plateau de nourriture. Malgré le comportement distant qu'il avait développé au cours de la guerre de Shilmista, Cadderly n'avait pu résister longtemps aux manières amicales de Brennan.

Le jeune érudit regarda longuement son assiette. Puis son regard se porta sur le plancher, où il aperçut des miettes de biscuit et d'autres, plus foncées, provenant certainement d'une miche de pain. Les rideaux de sa petite fenêtre étaient tirés et la flamme de sa lampe avait été baissée, puis ravivée.

— Tu n'as pas réussi à me réveiller les trois dernières fois que tu es venu ici, n'est-ce pas ?

Brennan le contempla, bouche bée.

— Comment as-tu deviné...

— Tu es venu m'apporter le petit déjeuner, puis le déjeuner, dit Cadderly. Ensuite tu es revenu voir si j'allais bien ; tu as tiré les rideaux et allumé la lampe.

Il leva les yeux vers Brennan et sursauta. Des images ondulaient sur les épaules de l'adolescent... Des danseuses légèrement vêtues, aux seins opulents... Non, ce n'étaient que des ombres déformées par son esprit.

Cadderly se détourna et ferma les yeux. Dans le lointain, le chant résonnait encore. Cette fois, les couplets se répétaient ; Cadderly parvint à distinguer un mot : *aurore*.

— Tu vas bien ? répéta Brennan.

Le jeune érudit hocha la tête.

— Je t'assure que oui. Va-t'en, maintenant. Je t'ai déjà assez retardé. Et... prends garde aux tentations de la *Lucarne aux Papillons*. ( Il s'agissait d'une taverne un peu spéciale située au bout de la Rue du Panorama, à l'est de Carradoon. ) Je serais d'ailleurs curieux de savoir comment un garçon de ton âge arrive y rentrer...

— Mais comment..., bégaya Brennan en s'empourprant.

Souriant, Cadderly le congédia d'un signe de la main. Aussitôt, les ombres qui dansaient sur les épaules du jeune homme disparurent. Apparemment, le choc provoqué par les déductions de son ami avait mis un frein momentané à ses pulsions.

— Tu n'en parleras pas à mon père ? supplia Brennan.

Cadderly éclata de rire et secoua la tête. Le fils de l'aubergiste poussa un soupir de soulagement.

Lorsqu'il fut parti, le jeune érudit contempla la porte pendant un long moment. Puis il baissa la tête vers le plancher encore constellé de miettes.

Les choses paraissaient si évidentes..., pourtant rien de tout cela n'était naturel.

— Aurore ? chuchota-t-il.

Qu'est-ce que l'aube pouvait avoir à faire avec les silhouettes de danseuses qui entouraient Brennan ?

Il se tourna vers le *Grimoire de l'Harmonie Universelle*. La réponse à sa question s'y trouvait-elle ?

Il dut se forcer à manger en prévision des longues heures d'étude qui l'attendaient. Puis, la faim de son corps calmée, celle de son esprit le tarauda et il replongea dans le livre.

Les pages commencèrent à défiler sous ses yeux, et la mélodie à chanter.

# CHAPITRE II

## UN PEU DE MÉNAGE

Repoussant la mèche de cheveux blonds-roux qui tombait sur ses yeux en amande, Danica cherchait un signe de la présence de l'ennemi. Elle se balançait d'un pied sur l'autre, les muscles de son corps tendus dans l'attente du combat à venir.

— Les nains sont-ils en position ? demanda Elbereth, le nouveau roi des elfes de Shilmista.

Ses yeux argentés scrutaient davantage les arbres que la piste qui s'ouvrait devant lui.

Deux autres elfes — une jeune fille aux cheveux dorés et un magicien aux cheveux aussi noirs que ceux d'Elbereth — vinrent rejoindre leurs amis.

— Ne vous inquiétez pas, répondit Danica. Ivan et Pikel ne nous ont jamais fait défaut.

Ses trois compagnons acquiescèrent ; Elbereth ne put s'empêcher de sourire. Il se souvenait de sa première rencontre avec les frères Larmoire, quand Ivan, le plus bourru des deux, l'avait découvert prisonnier dans une tente ennemie. Jamais il n'aurait cru en venir à leur faire à ce point confiance.

— La dryade est revenue, annonça Tintagel, le magicien.

Il désigna un arbre voisin, derrière lequel Elbereth devina plus qu'il ne vit la silhouette d'Hammadeen, avec sa peau couleur d'écorce et ses cheveux verts.

— Elle dit que l'ennemi arrive, ajouta Shayleigh d'une voix tendue.

En voyant l'éclat sauvage qui brillait dans ses yeux violets, Danica se souvint de ce qu'avait dit Ivan sur les talents de guerrière de la jeune fille. Elle était contente de se battre avec Shayleigh plutôt que contre elle...

Tintagel fit signe à ses compagnons de rejoindre le groupe : une quarantaine d'elfes, soit près de la moitié de la population actuelle de Shilmista. Le magicien observa les environs, puis déploya les combattants, combinant au mieux les archers et les gens d'épée. Enfin, appelant Danica pour qu'elle prenne place à son côté, il commença à incanter.

Devant chaque elfe, il jeta une poignée de morceaux d'écorce, terminant par lui-même et son alliée humaine.

Le sort prit effet. A l'endroit où, quelques secondes auparavant, se tenaient Danica et quarante guerriers s'élevait désormais une rangée anodine de bouleaux.

Danica profita de son déguisement pour mieux observer la forêt qui lui semblait à présent vague et brumeuse. Elle se concentra sur le chemin, sachant que Tintagel et elle reprendraient leur forme initiale dès qu'Ivan et Pikel auraient donné l'assaut.

La guerrière sourit. A quoi ressemblait-elle sous la forme d'un arbre ? Elle pensa, comme chaque fois que Tintagel lançait ce sort, qu'elle aimerait rester ainsi à admirer les feuilles, à sentir la terre sous ses pieds...

C'était, hélas, impossible. Il y avait du ménage à faire.

*
* *

— Oooh, gémit Pikel Larmoire.

Voyant Tintagel lancer son sort, le nain à la barbe verte faillit tomber de la branche sur laquelle il était assis.

— Non, tu n'iras pas le rejoindre ! chuchota son frère depuis un autre arbre, de l'autre côté du chemin.

Ivan n'avait jamais approuvé les velléités druidiques de Pikel. Il coinça sa barbe blonde dans sa ceinture, ajusta sur sa tête son casque décoré d'andouillers, puis se dandina pour trouver une position confortable sur son perchoir. D'une main, il tenait une énorme massue faite d'un tronc d'arbre mort. Une épaisse corde nouée autour de sa taille le liait à une branche surplombant la piste.

Ivan avait accepté cette position en pensant qu'il en tirerait beaucoup de plaisir ; en revanche, au grand désespoir de Pikel, il avait catégoriquement refusé de se laisser transformer en arbre. Et Tintagel ne voulait pas changer les gens en pierre.

De l'autre côté du chemin, Pikel semblait plus à l'aise. Il portait une massue identique à celle de son frère, et l'autre extrémité de la corde était nouée autour de sa taille. Mais sa moue disait clairement qu'il aurait préféré être métamorphosé avec les elfes...

Des bruits de pas alertèrent les nains. L'ennemi approchait.

Ivan et Pikel serrèrent leurs armes. Un petit groupe de gobelins, d'orcs et d'orogs passa sous eux, tandis qu'Ivan se retenait pour ne pas se laisser tomber au milieu. *Du calme,* se dit-il. *Ce sera beaucoup plus amusant si nous patientons encore un peu.*

Puis, comme la dryade le leur avait annoncé, un géant descendit le chemin, perdu dans ses pensées.

Selon Hammadeen, c'était le dernier de Shilmista, et les deux nains n'avaient aucune intention de le laisser retourner tranquillement dans ses montagnes.

L'énorme tête se rapprocha de l'arbre. Soudain, un des gobelins s'immobilisa et leva le nez pour renifler l'air.

Trop tard.

Ivan et Pikel brandirent leurs massues et, après un dernier signe de tête, s'élancèrent vers le géant. Le balancement de la corde les amena à la hauteur de la créature.

Pikel frappa une demi-seconde avant son frère. Ensemble, ils prirent en sandwich le crâne du monstre. Puis Ivan lâcha son arme ensanglantée et passa une main dans son dos pour y saisir sa hache.

Sur le chemin, les autres monstres, frénétiques, se mirent à courir dans toutes les directions. Ayant perdu de nombreux compagnons au cours des dernières semaines, ils savaient trop bien ce qui allait se passer...

Tintagel cria le mot de pouvoir. Danica et les quarante elfes qui l'entouraient reprirent leur forme originelle, bandèrent leurs arcs ou chargèrent, l'épée en avant.

Le géant, étourdi, vacilla mais réussit tant bien que mal à garder son équilibre. Suspendus à dix pieds en l'air, Ivan et Pikel se mirent alors au travail.

La hache d'Ivan coupa une oreille ; la massue de Pikel écrasa le nez du monstre. Les deux frères frappèrent sans relâche, sachant qu'ils étaient vulnérables — d'un revers de la main, leur adversaire pouvait les expédier à mi-chemin de l'Edifiante Bibliothèque. Mais ils préféraient ne pas y songer : ils s'amusaient beaucoup trop.

Sous eux, des flèches elfiques sifflèrent ; les cris d'agonie des gobelins et des orcs s'élevèrent.

Les monstres mouraient par dizaines, massacrés sans pitié par ceux dont ils avaient osé envahir le royaume.

Danica repéra un groupe de créatures qui se glissaient entre les arbres. Sortant ses dagues à lame de cristal, elle s'élança à leur poursuite.

*
* *

La massue de Pikel s'abattit si brutalement sur le géant que les nains entendirent craquer les vertèbres. Le monstre leur jeta un regard étonné, puis bascula en avant comme un arbre sous les coups d'un bûcheron.

Ivan jeta un coup d'œil vers le chemin.

— Deux ! annonça-t-il en voyant le corps gigantesque écraser deux gobelins dans sa chute. Tu me dois une pièce d'or !

Pikel hocha joyeusement la tête, pas mécontent d'avoir perdu son pari.

— Tu en veux encore ? demanda Ivan.

— Oï oï !

Sans un mot d'avertissement, Pikel saisit une branche voisine et défit le nœud, à sa taille... Puis il lâcha la corde et laissa couler son frère dans le vide.

Ivan écarquilla les yeux, mais ses imprécations durent attendre qu'il ait rudement atterri sur le sol. Ce faisant, il écrasa tout de même un gobelin.

Le nain à la barbe blonde se remit sur pied en jurant. Il acheva la créature qui avait amorti sa chute, mettant un terme à ses lamentations. Enfin, il leva les yeux vers son frère, qui descendait d'une manière beaucoup plus conventionnelle.

Pikel haussa les épaules et sourit d'un air gêné.

— Attends un peu d'être en bas, rugit Ivan, et tu vas voir...

Une nuée de gobelins l'entoura. Poussant un hurlement de joie, il oublia tous ses griefs. Comment aurait-il pu en vouloir à quelqu'un qui lui avait donné pareille occasion de s'amuser ?

*
* *

Les gobelins en fuite se frayèrent un chemin parmi les broussailles avec en tête une seule idée : s'éloigner le plus possible des lieux du massacre.

Le premier trébucha sur une racine. Il couina, tenta sans succès de se dégager. Baissant les yeux, il se rendit compte que la végétation n'était pas responsable de sa mésaventure.

Allongée derrière un buisson, une jeune femme lui tenait fermement la cheville. Elle lui sourit d'un air narquois, tira sur sa jambe pour le faire tomber, se leva et bondit sur lui.

La dague à la lame de cristal s'enfonça dans la chair du gobelin. Un coup. Danica avait rarement besoin de plus.

Elle se tourna pour faire face aux autres créatures qui s'entre-regardaient, perplexes. Que faisait une humaine seule au milieu des bois ? Le combat se poursuivait derrière eux, mais dans les environs immédiats, rien ne bougeait.

Ayant évalué les risques, un orog chargea, désireux de faire au moins une victime avant de fuir. Les autres monstres se ruèrent derrière lui et entourèrent Danica sur trois fronts à la fois.

Alors Elbereth se laissa tomber d'une branche, son épée brillante et son armure ciselée révélant son haut rang. Certains des gobelins ralentirent ; d'autres s'immobilisèrent.

A quelques pas de là, Shayleigh sortit de derrière un arbre, bandant son arc. Elle fit pleuvoir une volée de flèches sur les orogs pendant que ses deux compagnons se concentraient sur les gobelins.

Les monstres qui le purent s'enfuirent sans se soucier des branches qui leur giflaient la gueule au passage.

Un mur de brouillard s'éleva devant eux ; terrifiés, les gobelins se figèrent. Derrière eux, les orogs les exhortèrent à avancer — l'immobilité signifiait la mort...

Tintagel lança un nouveau sort. Les monstres avaient cru le brouillard inoffensif — les cris d'agonie qui s'en élevèrent leur prouvèrent le contraire.

Pendant qu'ils hésitaient, les flèches de Shayleigh mirent fin à leurs tourments.

*
* *

— Il était temps ! grogna Ivan lorsque Pikel le rejoignit enfin.

Le nain se trouvait loin du groupe d'elfes. Cerné de toutes parts, il n'avait subi aucune blessure sérieuse, car ses adversaires semblaient avoir plus envie de fuir que de combattre.

Dos à dos, les deux frères firent un massacre, achevant les monstres en quelques minutes.

Leurs alliés elfes n'étaient pas en reste. Ils taillaient leurs adversaires en pièces à coups d'épée, ou les lardaient de flèches avec une redoutable efficacité. A chaque seconde, l'espérance de vie des monstres survivants chutait dramatiquement.

*
* *

Tintagel regarda un premier gobelin émerger de son mur de brouillard. Il aurait aimé le foudroyer sur place, mais tel n'était pas son rôle : il devait contenir les monstres pendant qu'Elbereth, Shayleigh et Danica les achevaient. Sortant des pois séchés de sa poche, il les lança sur le sol, invoquant un second rempart de brume.

Danica enfonçait ses dagues dans la chair des gobelins les plus proches, avec une telle fureur qu'ils n'avaient pas le temps de comprendre ce qui leur arrivait.

Le dernier orog n'eut guère plus de chance avec Elbereth. Le monstre para un premier coup d'épée avec sa grosse massue, et se prépara à contre-attaquer. Mais l'elfe esquiva aisément, plongeant sa lame dans la poitrine de son adversaire.

Celui-ci cligna des yeux, comme s'il n'y voyait plus. Sans perdre une seconde, Elbereth lui abattit son bouclier sur la tête. Son adversaire s'écroula, les marques des étoiles composant le blason de Shilmista profondément incrustées dans sa joue.

Shayleigh avait lâché son arc et tiré son épée. Elle rejoignit son nouveau roi ; ensemble ils taillèrent de grandes brèches dans les flancs de l'unité ennemie.

Les gobelins n'avaient guère le choix ; ils entourèrent Danica, brandissant leurs épées courtes. Mais ils ne pouvaient rivaliser avec la vitesse des coups de la jeune femme, et aucun ne réussit à lui faire la moindre estafilade.

Le pied de la guerrière s'écrasa sous le menton d'une créature, lui broyant la glotte et projetant le corps à plusieurs pas en arrière.

Un second gobelin se précipita. Deux éclairs magiques le foudroyèrent avant qu'il atteigne son but.

Danica hocha la tête en direction de Tintagel pour lui signifier sa gratitude, puis s'attaqua à ses deux derniers adversaires. Elle fit durer le combat par plaisir, mais les gobelins n'étaient pas de taille.

Il ne restait plus un seul monstre debout. Les quatre compagnons s'entre-regardèrent, l'air grave. Le ménage était terminé pour aujourd'hui.

*
* *

Ivan jeta un coup d'œil déçu à Elbereth.

— Ça devient beaucoup trop facile. Notre premier combat depuis une semaine, et l'ennemi a l'air plus décidé à fuir qu'à lutter...

L'elfe en convint, mais ça n'était pas pour lui déplaire.

— Si nous avons de la chance, une semaine s'écoulera encore avant que nous devions nous remettre au travail, répliqua-t-il.

Ivan grogna et enfonça la lame de sa hache dans la terre pour la nettoyer.

Dès que le nouveau roi de Shilmista se fut éloigné, il jeta un regard à son frère et grommela :

— Ça, c'est bien une réaction d'elfe !

# CHAPITRE III

## LE CŒUR EN MIETTES

— Comment peux-tu rester assis là pendant que tes rêves — les rêves que t'a offerts Talona ! — sont réduits en poussière ?

Dorigène Kel Lamond se tut ; il n'était pas dans ses habitudes de se laisser aller à de tels éclats. Elle détourna ses yeux d'Aballister Bonadieu, son mentor et son supérieur.

Le magicien se balançait dans son fauteuil, ses doigts desséchés pianotant sur les accoudoirs.

— En poussière ? Shilmista va retomber entre les mains des elfes, c'est vrai, mais nous leur avons infligé de lourdes pertes. D'après les rapports que j'ai reçus, ils ne sont plus qu'une centaine environ pour défendre la forêt...

— Pour obtenir ce piètre résultat, nous avons dû sacrifier des milliers de soldats ! répliqua Dorigène. Et des milliers d'autres ont déserté pour rejoindre leurs terriers dans la montagne.

— Où nous pourrons retourner les chercher lorsque le temps sera venu, répondit le magicien.

Dorigène se mordit les lèvres. Avec ses deux mains fracturées, elle se sentait très vulnérable entre l'imprévisible Aballister et l'arrogant Bogo Rath — sans compter Druzil, le démon d'Aballister. C'était l'un des problèmes de la hiérarchie maléfique de Château-Trinité : il était impossible de savoir quand vos alliés se mettraient à vous trouver plus encombrante qu'utile.

— Nous disposons encore de trois mille soldats, humains pour la plupart, poursuivit Aballister. Nous rassemblerons les gobelinoïdes après l'hiver. Le nombre ne sera pas un problème : le royaume de Shilmista n'est plus que l'ombre de lui-même, et l'Edifiante Bibliothèque a été gravement ébranlée. Ça ne laisse plus que Carradoon.

Le ton de sa voix indiquait le peu d'estime qu'il avait pour les fermiers et les pêcheurs de la petite communauté du Lac Impresk.

— Je ne nie pas que les prêtres aient subi un sérieux revers, mais nous ne savons pas jusqu'à quel point ils sont affaiblis, rétorqua Dorigène. Nous avons déjà sous-estimé les forces de Shilmista. Dois-je te rappeler notre récente défaite ?

— Et dois-je te rappeler que c'est toi qui y a concouru ? grogna Aballister, foudroyant la sorcière du regard. Que tu t'es enfuie au moment crucial ? ( Voyant son alliée frémir, il s'affaissa dans son fauteuil et poussa un soupir. ) Je sais que tu as perdu Tiennek ; cela a dû être terrible pour toi, reprit-il plus gentiment.

Dorigène serra les dents. Elle attendait cette remarque, mais le souvenir n'en faisait pas moins mal. Tiennek, un guerrier barbare qu'elle avait entraîné pour en faire son garde du corps, avait remplacé Aballister dans son lit. Elle ne doutait pas une seconde que le magicien avait été enchanté d'apprendre sa mort... D'autant que son bourreau était une jeune femme qui mesurait vingt pouces de moins que le barbare et qui devait peser le tiers de son poids. En rapportant l'incident à son maître, Druzil avait bien insisté sur ce point, comme pour mieux attiser les flammes qui couvaient toujours entre Dorigène et Aballister.

La sorcière aurait aimé rétorquer à son supérieur qu'il ne connaissait pas la puissance de Danica, ni celle des ennemis qu'elle avait dû affronter à Shilmista. Elle jeta un coup d'œil à Druzil, mais le démon replia ses ailes au-dessus de sa tête et ne fit aucun geste pour la soutenir.

— Lâche, marmonna la sorcière.

Depuis leur retour à Château-Trinité, Druzil l'évitait. Il ne se sentait aucune loyauté envers Aballister, mais celui-ci était le maître du triumvirat des sorciers et le démon préférait être du côté du plus fort.

— Assez de lamentations, dit Aballister. L'exécution de nos plans a simplement été retardée par quelques problèmes inattendus.

— Tel ton propre fils, ne put s'empêcher de faire remarquer Dorigène.

Aballister eut un sourire mauvais.

— Mon fils, répéta-t-il. Ce cher Cadderly. Oui, il s'est avéré le plus dangereux de nos ennemis, n'est-ce pas, Bogo ?

Dorigène se tourna vers le troisième magicien de Château-Trinité. C'était un jeune homme, très différent de ses deux supérieurs, qui faisait souvent les frais de leurs plaisanteries.

— Votre fils nous pose effectivement un problème. Mais qu'attendre d'autre d'un rejeton du puissant Aballister ? Si le jeune Cadderly se bat aux côtés de nos ennemis, nous ferions bien de garder l'œil sur lui.

— Le *jeune* Cadderly, répéta Dorigène avec un sourire ironique.

Le fils d'Aballister avait deux ou trois ans de plus que l'arrogant magicien !

Aballister sortit de sa poche une bourse pleine et la secoua pour faire tinter les pièces d'or. Dorigène comprit ses intentions. Bogo était originaire de Port-Ponant, une cité située à six cents lieues vers le nord-est, à l'embouchure du Lac des Dragons. Une ville marchande réputée pour abriter les tueurs les plus cruels de tous les Royaumes...

— Même les Masques de la Nuit auront du mal à se débarrasser du prêtre s'il est à Shilmista ou à l'Edifiante Bibliothèque, fit observer la sorcière.

Elle détestait Cadderly qui lui avait brisé les doigts et volé plusieurs objets magiques ; pourtant, elle avait du mal à digérer la froideur avec laquelle Aballister envisageait de le faire supprimer.

— Mais tel n'est pas le cas, répondit Bogo, les yeux brillant d'excitation. Il s'est installé à Carradoon.

— Sans doute pour contrôler la garnison, ajouta Aballister.

Le regard de Dorigène passa de l'un à l'autre, incrédule.

— Comment pouvez-vous en être certains ?

Bogo se tourna vers le magicien, qui secoua de nouveau sa bourse. Dorigène frissonna. Les liens de Bogo avec les Masques de la Nuit étaient la raison de sa position au sein de Château-Trinité. Apparemment, il avait déjà fait jouer ses relations...

Les mains de Dorigène lui faisaient toujours mal ; son cœur se remplit quand même de pitié pour le jeune érudit.

— Un seul problème à la fois, très chère, conclut Aballister.

*
* *

Elbereth et Danica étaient assis au sommet de la Crête du Dénis, que les elfes avaient utilisée comme base d'opération au cours des dernières semaines. Le danger s'éloignant, la garnison avait été dispensée de veiller toutes les nuits.

La forêt était calme et tranquille. Le bruit de l'acier contre l'acier et les hurlements des mourants semblaient déjà appartenir au passé.

— Il commence à faire froid, dit Elbereth.

Otant sa cape, il la posa sur les épaules de Danica.

La jeune fille le remercia, puis s'allongea à côté de lui pour contempler les étoiles.

Elle se releva en entendant son compagnon rire, et suivit son regard jusqu'au bas de la colline. Plissant les yeux, elle distingua avec difficulté trois silhouettes : une elfe et deux nains qui couraient entre les ombres, à la lisière des arbres.

— Shayleigh ?

Elbereth hocha la tête.

— Elle est devenue très amie avec Ivan et Pikel. Admirant leur courage, elle leur est reconnaissante de l'aide qu'ils nous ont apportée.

— Et vous ?

Le nouveau roi elfe sourit. Dire qu'il avait failli en venir aux mains avec Ivan. Comme tout cela lui semblait loin à présent !

— Moi aussi, je leur suis reconnaissant, répondit-il. Je n'oublierai jamais la dette que j'ai contractée envers eux... et envers vous.

Il plongea ses yeux argentés dans ceux de Danica, le visage à quelques pouces de celui de la jeune femme.

Danica s'éclaircit la gorge et se détourna.

— Les combats touchent à leur fin, dit-elle pour changer de sujet.

Elbereth comprit où elle voulait en venir — cela faisait plusieurs jours qu'elle tentait d'aborder le sujet.

— Nous devrons ferrailler jusqu'à la fin de la saison pour exterminer la vermine gobelinoïde, déclara-t-il. Et je crains une nouvelle attaque au printemps, quand les pistes de montagne seront de nouveau praticables.

— D'ici là, je suppose que la milice de Carradoon sera prête à vous venir en aide.

— Et vous ?

Danica regarda les trois silhouettes qui gravissaient la pente.

— Je n'ai jamais beaucoup aimé les arbres, grognait Ivan en se frottant le nez.

— Quelqu'un d'aussi petit que vous ne devrait pas avoir de mal à éviter les branches basses, dit Shayleigh de sa voix musicale.

— Hi, hi, hi ! gloussa Pikel.

Danica se tourna vers le prince.

— Le temps est venu pour les nains et pour moi de rentrer à la Bibliothèque.

Le sourire d'Elbereth s'évanouit.

— Pourquoi ne resteriez-vous pas tous les trois ? Là-bas, vos amis sont parfaitement capables de prendre les choses en main. Et puis la forêt est si belle sous son manteau de neige !

— Je n'en doute pas. Mais il faut que je m'en aille. Il y a...

— Cadderly, interrompit Elbereth en souriant malgré sa déception.

Danica ne répondit pas. Elle n'était même plus certaine de ses sentiments pour le jeune érudit.

Au pied de la pente, Ivan avait bondi sur Pikel, et les deux frères roulaient dans l'herbe en échangeant des coups de poing. Shayleigh soupira, haussa les épaules et poursuivit son chemin.

Arrivant à côté d'Elbereth et de Danica, elle comprit ce qui se passait.

— Vous partez ? demanda-t-elle en se tournant vers la jeune femme.

Danica n'osa pas lever les yeux.

— Quand ? demanda Shayleigh.

— Bientôt... Peut-être demain.

La jeune elfe médita cette nouvelle en silence. Après tout, la victoire était acquise ; Danica pourrait revenir à Shilmista quand elle le voudrait. Ils pourraient aussi aller la voir à la Bibliothèque.

— J'approuve votre choix, déclara-t-elle sur un ton égal qui surprit son interlocutrice. Nous sommes de nouveau en sécurité ici, et vous devez retourner à vos études.

— Ivan et Pikel vont certainement m'accompagner. Eux aussi ont affaire à la Bibliothèque.

Shayleigh hocha la tête en silence et regarda les frères nains qui, ayant enfin mis un terme à leur dispute, se dirigeaient vers eux. Ses yeux violets brillaient d'admiration. Danica comprit qu'elle approuvait sa décision, non parce qu'elle était heureuse de les voir s'en aller, mais parce qu'elle savait que c'était la meilleure chose à faire.

— Si la guerre reprend au printemps..., commença Shayleigh.

— Nous reviendrons vous aider, affirma Danica.

— Nous reviendrons où ? demanda Ivan, apparaissant au sommet de la crête.

Il passa une main dans sa barbe blonde, ôtant les brindilles qui s'y étaient accrochées.

— Ici, à Shilmista, expliqua Shayleigh.

— Pourquoi, on va quelque part ? s'enquit le nain en se tournant vers Danica.

— Les premières neiges ne vont pas tarder à tomber, répondit celle-ci. Les Monts-Flocons seront bientôt infranchissables.

— Oh oh, marmonna Pikel.

— Tu as raison, acquiesça Ivan. De toute façon, il ne reste pas grand-chose à frapper. Mon frère et moi ne tarderons pas à nous ennuyer, sans compter que les prêtres de la Bibliothèque n'ont pas dû faire un repas décent depuis notre départ !

Shayleigh lui flanqua une gifle retentissante. Le nain se tourna vers elle, l'air incrédule, et lut sur son visage délicat le chagrin qu'elle tentait de dissimuler.

— Vous me devez encore un duel, lui rappela la jeune elfe.

Ivan ricana, puis s'éclaircit la gorge en clignant des paupières pour chasser ses larmes.

— Bah ! grogna-t-il. Quel duel ? Tu es exactement comme lui !

Il désigna Elbereth d'un geste faussement méprisant. Le nain et le nouveau roi s'étaient battus quelques semaines auparavant.

— Tu danseras en cercles autour de moi jusqu'à ce qu'on soit tous les deux trop fatigués pour continuer.

— Croyez-vous que je vais vous laisser vous en tirer comme ça ? Vous avez insulté mon peuple ! rétorqua Shayleigh en plantant ses mains sur ses hanches.

— Bah ! grogna à nouveau Ivan.

Il se détourna.

— Bah ! répéta Shayleigh en tentant sans succès d'imiter la grosse voix du nain.

Ivan lui lança un regard noir, puis fit signe à Pikel de le suivre.

— Bon, vous avez récupéré votre forêt, grommela-t-il. A bientôt !

— Adieu, Ivan Larmoire, le salua Elbereth. Tous nos remerciements à vous et à votre frère. Sachez que le royaume de Shilmista vous sera toujours ouvert si vous choisissez d'y revenir !

Ivan fit un clin d'œil à Pikel.

— Comme s'il pouvait nous en empêcher de toute

façon ! dit-il sur un ton de conspirateur, mais assez fort pour que tout le monde l'entende.

Il donna une tape sur les fesses de Shayleigh et dévala la pente avant qu'elle puisse réagir.

— Je dois y aller moi aussi, annonça Danica. J'ai beaucoup de préparatifs à faire avant l'aube.

Elbereth hocha la tête mais ne put répondre tant il avait la gorge nouée. Dès que la jeune fille se fut éloignée, Shayleigh vint s'asseoir à côté de son roi.

— Tu l'aimes, fit-elle remarquer au bout de quelques instants.

Son ami soupira et admit :

— De tout mon cœur.

— Et elle aime Cadderly.

— De tout son cœur, reconnut Elbereth, l'air sombre.

— Si on m'avait dit qu'un roi elfe de Shilmista tomberait amoureux d'une humaine ! plaisanta Shayleigh en posant une main amicale sur l'épaule du souverain.

— Et si on m'avait dit qu'une elfe se laisserait enchanter par un nain à la barbe jaune ! rétorqua Elbereth.

Shayleigh éclata d'un rire incrédule. Elle appréciait Ivan et Pikel en tant qu'amis — les allégations d'Elbereth étaient tout simplement ridicules.

Pourtant, lorsqu'elle baissa les yeux vers le bas de la colline, elle sentit un vide immense dans son cœur.

# CHAPITRE IV

## AVANT L'AUBE

Bogo Rath frappa à la porte de la salle de conférence, posa une main sur la poignée et hésita. Il n'était jamais rassuré quand il traitait avec les Masques de la Nuit. Une vingtaine d'assassins étaient arrivés à Château-Trinité le matin même — cela faisait beaucoup de monde pour un simple contrat.

Des gardes vêtus de robes noires fouillèrent Bogo avant de le laisser pénétrer dans la pièce. D'apparence anodine, ils devaient débuter dans le métier. Leur tenue était celle des tueurs de Port-Ponant : des vêtements ordinaires et un masque noir bordé d'argent. L'un d'eux devait avoir du sang orc dans les veines. Bogo n'en fut guère étonné, mais il ne put réprimer un frisson.

Il se serait inquiété même si les deux sentinelles avaient été humaines. Bien que n'ayant aucune arme visible, les Masques de la Nuit en dissimulaient toujours plusieurs et ils savaient tuer à mains nues. La fouille terminée, les deux gardes conduisirent le jeune magicien dans la pièce, puis se postèrent de chaque côté de la porte.

Bogo les oublia dès qu'il fut dans la salle de conférence. Les deux personnes qui se tenaient devant lui étaient plus dignes d'intérêt que ces apprentis assassins. Son premier interlocuteur était un homme chétif et efféminé affligé d'une toux grasse. Il paraissait imberbe ; ses paupières tombantes et ses lèvres boudeuses lui conféraient une expression presque enfantine.

De l'autre côté de la table était assis un robuste énergumène, aux cheveux et à la barbe d'un rouge flamboyant. Il aurait facilement pu tuer Bogo Rath à mains nues... et ressemblait encore moins à un Masque de la Nuit que son frêle compagnon. Une énorme épée pendait à sa ceinture ; son visage était couvert de cicatrices récoltées au combat. Des bracelets incrustés de joyaux et une cape en fourrure d'ours polaire finissaient de lui donner l'apparence d'un barbare.

— C'est toi, Bogo Rath ? demanda l'homme efféminé d'une voix de baryton.

L'interpellé hocha la tête.

— Heureux de te rencontrer, camarade, répondit-il en s'inclinant.

Le géant aux cheveux rouges lui lança un regard incrédule.

— On ne m'avait pas dit que tu avais gardé des contacts parmi la guilde. Je croyais que tu étais parti volontairement...

Bogo sautilla d'un pied sur l'autre. Il avait dû payer très cher pour être autorisé à quitter l'organisation, trois ans auparavant. Et il n'y serait sans doute pas parvenu si son père n'avait pas été un des marchands les plus influents de Port-Ponant. Il aurait partagé la punition de tous ceux que la guilde ne jugeait pas à la hauteur : la mort.

— Il est très rare de rencontrer quelqu'un qui puisse

se vanter d'avoir appartenu à notre organisation, poursuivit l'homme aux cheveux rouges d'un ton sarcastique.

— Les... les circonstances étaient inhabituelles, expliqua Bogo en rejetant la tête en arrière. J'avais affaire ailleurs qu'à Port-Ponant. Comme vous pouvez le voir, mon départ a été bénéfique pour tout le monde. J'ai acquis un pouvoir bien supérieur à ce que vous pouvez appréhender... et j'ai maintenant les moyens de vous payer grassement pour un petit travail.

Le géant grimaça et se tourna vers son compagnon, qui semblait s'ennuyer mortellement.

— Assieds-toi, dit-il en désignant une chaise. Je suis Vander, le responsable de cette « petite affaire » dont tu parles. Mon associé se nomme Fantôme ; il possède des talents exceptionnels.

Bogo obéit ; il regarda avec nervosité autour de lui.

— Quelque chose ne va pas ? demanda Vander.

— Non, bégaya le magicien. Je suis simplement surpris que les Masques aient dépêché autant de monde pour une tâche aussi insignifiante.

Vander éclata de rire puis s'interrompit, une expression étrange sur le visage. Il jeta un regard menaçant à Fantôme, tandis que ses membres étaient saisis de convulsions. Au grand étonnement de Bogo, il se mit à grandir. Son corps, puis son épée prirent des proportions gigantesques...

— Un firbolg, souffla le jeune magicien.

Il n'y comprenait plus rien. Un homme aux cheveux rouges était déjà repérable ; mais là...

Vander ne lui accorda pas la moindre attention, et fixa Fantôme sous ses sourcils broussailleux. Bientôt, il reprit le contrôle de lui-même et s'enfonça dans son siège.

— Pardonne-moi, dit-il à Bogo. J'appartiens effectivement à la race des géants, bien que je n'en fasse pas ouvertement étalage.

— Dans ce cas, pourquoi... ? demanda le magicien.
— Une indiscrétion, coupa Vander sur un ton indiquant qu'il ne souhaitait pas poursuivre la conversation.
Bogo n'avait aucune intention de discuter avec un monstre de dix pieds de haut, qui devait peser dans les quatre cents kilos. Il croisa ses mains sur son giron et tenta de prendre un air décontracté.
— Tu t'interroges sur notre nombre ? demanda Vander, revenant à la question de son interlocuteur.
— Oui.
— Les Masques de la Nuit ne prennent pas de risques, expliqua le géant. Souvent, les exécutions les plus simples en apparence s'avèrent les plus difficiles. Nous ne commettons jamais d'erreur, c'est pourquoi on récompense si grassement nos efforts.
Il inclina la tête pour regarder la bourse du jeune magicien. Saisissant l'allusion, celui-ci défit les cordons du sac d'or et le posa sur la table.
— Voici la moitié de la somme, comme convenu avec vos supérieurs.
— Et avec le tien, répliqua le géant, qui ne voulait pas laisser son interlocuteur prendre l'avantage. Un magicien du nom d'Aballister, je crois.
Bogo ne répondit pas.
— Il paraît que tu nous accompagneras pour représenter Château-Trinité ? ajouta Vander. C'est une requête très inhabituelle.
— Mais qui a déjà été acceptée par les deux parties, rappela Bogo. J'ai été autrefois des vôtres et je connais vos façons de faire.
Vander réprima une furieuse envie de moucher le jeune arrogant. Aballister avait payé un supplément considérable pour qu'il emmène Bogo... La faveur n'avait rien à voir avec l'ancienne appartenance de celui-ci à la guilde.

— J'irai à Carradoon avec vous, poursuivit le magicien, et je ferai un rapport détaillé pour mes sup... mes associés.

Vander sourit d'un air entendu.

— Quel que soit ton rôle, la somme due aux Masques de la Nuit restera la même.

Bogo hocha la tête.

— Je serai là en tant qu'observateur, à moins que vous n'en décidiez autrement. Puis-je vous demander quelle part vous prendrez à tout ceci ? Il me semble peu probable qu'un firbolg puisse se promener tranquillement dans les rues de Carradoon. Quant au Fantôme..

— C'est Fantôme, pas « le fantôme », rétorqua Vander. Tu ferais bien de t'en rappeler. Et sache que mon rôle ne te concerne en rien.

Bogo fronça les sourcils. Il était étrange que le géant s'offense davantage d'une erreur sur le nom de son partenaire que de la remise en cause de ses capacités.

— Fantôme nous guidera ; il rassemblera les informations dont nous aurons besoin et préparera la cible. Je dispose de vingt tueurs. Nous établirons une base près de Carradoon.

Bogo acquiesça. Cela semblait logique.

— Très bien. Nous partirons demain matin, annonça Vander. La réunion est terminée.

Il fit un signe vers la porte ; les deux sentinelles vêtues de noir escortèrent le magicien dans le couloir.

Le jeune homme était perplexe. Un firbolg et une demi-portion ? Cela n'avait pas de sens. Mais il n'avait passé qu'un mois chez les Masques de la Nuit avant de les supplier de le laisser partir, et il devait avouer qu'il ne connaissait pas grand-chose à leurs méthodes.

Il relégua Vander et Fantôme dans un coin de son esprit pour se concentrer sur son autre rendez-vous. Aballister lui avait demandé de s'entretenir avec Druzil afin que celui-ci lui révèle ce qu'il savait sur Cadderly. Le démon n'avait eu affaire au jeune érudit qu'en deux occasions — désastreuses pour Château-Trinité —, mais c'était lui qui en savait le plus à son sujet.

Bogo avait besoin d'informations. Il était déçu que tant d'assassins soient affectés à l'exécution de Cadderly, car il aurait aimé jouer un rôle dans la mort du fils d'Aballister afin de se gagner les bonnes grâces du magicien. Les mains de Dorigène mettaient du temps à guérir, et les guérisseurs doutaient que ses doigts se ressoudent. Peut-être ne serait-elle plus jamais capable de lancer des sorts...

Bogo sourit et, rêvant de promotion rapide, se dirigea vers la salle où l'attendait Druzil.

*
* *

— Comment as-tu osé me faire ça ? rugit le firbolg quand Bogo eut quitté la pièce.

Il congédia les deux gardes d'un signe de tête puis s'avança vers son compagnon, l'air menaçant.

— J'ignorais que ton... que mon corps reprendrait sa taille normale, bafouilla le petit homme. Je pensais que l'enchantement subsisterait au moins jusqu'à la fin de l'entrevue.

Le firbolg le saisit par le col.

— Ah, Vander, soupira-t-il, mon cher Vander...

Le visage congestionné par la rage, il abattit son poing sur le nez du petit homme, puis le battit pendant plusieurs minutes.

— Si jamais tu recommences, gronda-t-il en reposant sur le sol sa victime à peine consciente, je te torturerai jusqu'à ce que tu me supplies de te tuer !

Le petit homme, dans le corps duquel se trouvait l'esprit du véritable Vander, serra son bras droit cassé contre lui. Il se sentait si mal sous cette forme ridicule !

— J'aimerais récupérer mon enveloppe corporelle, ajouta Fantôme. Tu es plein de poils et ça me gratte de partout !

Vander hocha la tête, impatient de retrouver son apparence originelle.

— Mais pas maintenant ! reprit l'assassin. Pas tant que tes blessures ne seront pas guéries. Je reprendrai mon corps en parfaite condition, comme il l'était quand je te l'ai confié.

Vander s'affaissa dans son siège. Ce jeu devenait de plus en plus pénible au fil des ans, mais il n'avait pas le choix : il ne pouvait échapper aux griffes maléfiques de Fantôme, ni résister à sa magie. Son rêve aurait été de retrouver son corps et de battre son bourreau comme plâtre. Mais cela eût été inutile : Fantôme provoquerait un nouveau transfert, et le laisserait souffrir des conséquences de ses attaques. Pire, il en rajouterait jusqu'à ce que le pauvre firbolg le supplie d'arrêter.

Vander posa une main sur son nez cassé. Celui-ci était déjà en voie de guérison ; il ne le faisait presque plus souffrir et le flot de sang s'était tari. De la même façon, les os de son bras étaient en train de se ressouder, provoquant des picotements dans sa chair d'emprunt. *Encore quelques minutes,* se dit-il, *et je serai de retour dans mon corps.*

— Je vais partir, annonça Fantôme. ( Il agita un index menaçant vers Vander. ) Souviens-toi que nous sommes liés par l'esprit, et que je te retrouverai où que tu ailles.

Le firbolg détourna le regard. Une fois, il avait tenté de fuir et il était parvenu à rentrer chez lui, dans l'Epine Dorsale du Monde, à des milliers de lieues de là. Fantôme l'avait découvert. Histoire de le punir, il lui avait pris son corps pour massacrer plusieurs membres de sa famille sur une petite piste de montagne, à l'est de Mirabar. Vander se rappelait encore du terrible moment où Fantôme lui avait rendu son corps ; il s'était retrouvé couvert de sang, le bras arraché de son fils dans une main...

De retour à Port-Ponant, Vander avait tué Fantôme ; il lui avait littéralement arraché la tête des épaules. Mais une semaine plus tard, le petit homme était de nouveau là.

Le firbolg s'arracha à ses pensées macabres et se tourna vers son compagnon tant haï. Fantôme se dressait au-dessus de lui, un gant noir à une main, un blanc à l'autre, un miroir doré étant suspendu à son cou par une chaîne.

Il claqua des mains ; Vander se sentit flotter dans le néant. Une vague de douleur le traversa au moment où il reprit possession de sa forme naturelle. Comme d'habitude, son bourreau le contemplait d'un air méprisant. Il portait toujours les gants et le miroir doré, des objets magiques ayant la propriété de suivre les transferts de son propriétaire.

Dès qu'il comprit que Vander ne l'attaquerait pas, le petit homme ferma les yeux. Gants et miroir disparurent, mais le firbolg savait par expérience qu'ils n'étaient pas loin, prêts à répondre à l'appel de leur maître.

— Tu partiras en même temps que les autres, ordonna Fantôme.

— Je ne fais pas confiance à ce Bogo Rath.

— Peu importe. Tu ne me fais pas confiance non plus, à ce que je sais, mais tu es sous le charme de mon extraordinaire personnalité.

Le firbolg réprima une furieuse envie d'effacer à coups de poing le sourire de son tortionnaire.

— Le magicien doit nous accompagner. Aballister nous a grassement payés.

— Dans quel but ? demanda Vander, toujours étonné de découvrir les innombrables manigances des gens malhonnêtes.

— Il pense que son émissaire le tiendra informé. Il ne peut tolérer que se produise le moindre événement le concernant sans qu'il en ait connaissance.

Vander ne répondit pas. Il n'avait rencontré Aballister qu'une fois. Mais il ne doutait pas du bien-fondé de l'opinion de Fantôme ; il était bien placé pour savoir que son bourreau savait repérer les faiblesses des autres et les utiliser à son avantage.

*

* *

Le jeune érudit cligna des yeux dans la lumière du matin. Un copieux petit déjeuner était posé sur la table ; Brennan essayait d'acheter sa discrétion avec des brioches supplémentaires. Fredegar ne serait sûrement pas content de savoir où son fils avait passé la soirée de la veille.

Cadderly avait très faim, et les pâtisseries semblaient appétissantes. Mais lorsqu'il vit le *Grimoire de l'Harmonie Universelle* ouvert sur son bureau, à côté de la fenêtre, il abandonna toute idée de se sustenter. Prenant un biscuit, il alla s'asseoir et commença à lire.

Comme toujours, il dévora les pages, les mots se brouillant sous ses yeux. Il lui fallut quelques minutes pour arriver à la fin de l'ouvrage, puis pour le reprendre au début et recommencer. Il resta à son bureau pendant toute la journée, sans lever la tête lorsque Brennan lui apporta son déjeuner, puis son dîner.

Il ne voulait pas faire taire le chant.

La lumière du jour disparut, mais Cadderly ne s'interrompit pas. Lorsqu'il fit trop sombre pour continuer à lire, sa première pensée fut de se lever pour allumer la lampe, mais il n'avait pas envie de gaspiller un temps précieux. Sans réaliser ce qu'il faisait, il invoqua mentalement une page du grimoire, et prononça quelques mots. La pièce s'emplit d'une vive clarté.

Le flot du chant s'était interrompu. Cadderly cligna des yeux, stupéfait. Que s'était-il passé ? Il repensa à ce qu'il avait fait, puis incanta à nouveau en inversant deux mots.

La lumière s'éteignit.

Le jeune érudit se mit à trembler ; d'un pas mal assuré, il se dirigea vers son lit.

— J'irai voir le magicien demain matin, chuchota-t-il d'une voix rauque. Il pourra sûrement m'expliquer.

Il n'en croyait pas un mot, mais la vérité lui faisait trop peur.

Hélas, de longues heures le séparaient encore de l'aube.

*
* *

*Percival bondit jusqu'au vasistas — non, jusqu'aux portes de la terrasse —, sa taille faisant paraître les battants minuscules. Cadderly savait que c'était lui... mais pourquoi mesurait-il six pieds de haut ?*

*L'écureuil blanc pénétra dans la pièce. Le jeune homme tendit la main pour le caresser, mais l'animal se déroba et lacéra de ses griffes les bourses que Cadderly portait à la ceinture. L'une se déchira, répandant sur le sol des centaines de noix de cacasa...*

*Des milliers de noix de cacasa ! Percival les enfourna précipitamment dans sa bouche.*

*— Qu'est-ce que tu fais ? demanda Cadderly.*

*Ayant nettoyé le plancher, l'écureuil bondit vers les portes qui se refermèrent derrière lui.*

*Le jeune érudit s'assit dans son lit. Il ne se trouvait pas dans sa chambre, à la Bibliothèque, mais dans une auberge, en ville. Il était tard, et tout paraissait tranquille.*

*Pourtant, Cadderly sentait une présence. Rassemblant son courage, il parcourut la pièce des yeux.*

*Il poussa un hurlement désespéré. Le principal Avery, son tuteur, gisait sur l'une des petites tables, la poitrine grande ouverte. Le jeune homme n'eut pas besoin de l'examiner pour savoir qu'il était mort car on lui avait arraché le cœur.*

*
* *

Cadderly s'assit dans son lit. Il ne se trouvait pas dans sa chambre, à la Bibliothèque, mais dans une auberge, en ville. Il était tard, et tout paraissait tranquille. Les rayons argentés de la pleine lune dansaient derrière les carreaux, projetant au sol des ombres fantomatiques.

Pourtant, cette sérénité ne suffit pas à dissiper la pénible impression laissée par le cauchemar. Pour illuminer la chambre, il tenta de recourir de nouveau à la mélodie. Mais il était fatigué, et n'avait pratiquement rien mangé depuis deux jours. L'image de la page se déroba à son esprit.

Terrifié, il resta allongé dans le noir et attendit l'aurore.

# CHAPITRE V

## DE RETOUR À LA MAISON

Un torrent d'imprécations guida Danica et les deux nains dans les couloirs du second étage de l'Edifiante Bibliothèque. Avant d'arriver à destination, les trois compagnons comprirent que les cris provenaient du bureau d'Avery Schell, et que la cible de sa colère devait être le malheureux Rufo.

— C'est bon de vous revoir, dit la principale Pertélope en sortant de sa chambre.

Elle affichait un sourire chaleureux. Comme tous les jours depuis que la Malédiction du Chaos s'était abattue sur la Bibliothèque, son corps était dissimulé par une longue robe et des gants. Seule la peau de son cou et de son visage était visible entre le tissu noir de ses vêtements et la masse poivre et sel de ses cheveux.

— Je craignais que vous ne vous soyez laissés enchanter par Shilmista, ce qui aurait été tout à fait compréhensible.

— Vous êtes folle ! répliqua Ivan en secouant la

tête. C'est un coin pour les elfes ; ça ne m'a pas plu du tout.

Pikel lui flanqua un coup de pied dans le tibia ; les deux frères se toisèrent pendant de longues secondes.

— La forêt était très belle, admit Danica, particulièrement après que nous ayons mis les monstres en fuite.

Pertélope hocha la tête.

— Vous allez voir Avery ?

— Oui, puisque tel est notre devoir. Mais il n'a pas l'air de bonne humeur.

— Une entrevue avec Rufo gâcherait la journée de n'importe qui, grogna Ivan.

Pertélope grimaça.

— Il lui faudra du temps pour faire oublier la façon dont il a agi à Shilmista et regagner les faveurs du principal.

— Bien fait pour lui ! s'exclama le nain à la barbe blonde.

— Oï oï ! renchérit son frère.

— J'ai entendu dire que quelqu'un s'était chargé de le punir, poursuivit la principale, en regardant Danica de façon éloquente.

La jeune fille croisa les mains derrière son dos et prit un air coupable. Elle avait assommé Rufo dans la forêt... et elle ne pouvait nier qu'elle avait adoré ça. Mais elle allait probablement devoir en subir les conséquences.

Sentant Danica mal à l'aise, Pertélope se hâta de changer de sujet :

— Lorsque vous aurez fini de parler avec Avery, venez me voir. Nous avons beaucoup de choses à nous dire.

Danica comprit que la principale parlait de Cadderly. Des centaines de questions explosèrent dans son esprit, mais la jeune femme se contenta de hocher la tête en silence. Ses désirs personnels devraient attendre.

Pertélope s'éloigna. Danica poussa un soupir et se tourna vers les deux nains.

— Prêts à affronter Avery ?

Ivan gloussa.

— Ne t'inquiète pas, dit-il en prenant la jeune fille par le bras. Si ce gros lard t'embête trop, je le menacerai de rationnement.

Danica sourit faiblement. Cela ne la réconfortait guère — à en juger par les rugissements qui s'échappaient de son bureau, Avery semblait vraiment furieux.

— Des excuses ! Toujours des excuses ! hurlait-il de l'autre côté de la porte. Pourquoi refuses-tu d'assumer tes responsabilités ?

— Je n'ai pas..., commença Rufo.

Mais le principal lui coupa la parole :

— Si ! Tu les as vendus à ce démon, et plus d'une fois ! Maintenant, va-t'en, mais sache que tu paieras chèrement toute transgression future, même mineure !

La porte s'ouvrit et Rufo tituba dans le couloir, hagard. La vue de Danica et des deux nains ne fit rien pour le réconforter.

— Surprise ! s'exclama Ivan, souriant d'une oreille à l'autre.

Le prêtre passa une main tremblante dans ses cheveux noirs. Faute d'une autre issue, il prit une longue inspiration, se fraya un chemin entre les trois compagnons et s'éloigna à grandes enjambées.

— Eh bien ! il vous en a fallu du temps pour arriver ! s'exclama Avery en les voyant entrer.

— Oh oh, marmonna Pikel.

Ivan pénétra d'un pas ferme dans le bureau, tirant plus ou moins Danica à sa suite.

Sortant un mouchoir de sa poche, le principal épongea son visage couvert de sueur.

— Je croyais que vous ne reviendriez pas, lâcha-t-il, essoufflé. ( Il posa les yeux sur les frères Larmoire. )

J'avais même demandé au doyen Thobicus de chercher de nouveaux cuisiniers.

— Ne vous inquiétez pas, dit Ivan en s'inclinant si bas que sa barbe balaya le sol. Les maîtres de votre estomac sont de retour !

Pikel acquiesça, mais Avery ne parut pas goûter la plaisanterie.

— Nous aurons besoin d'un rapport détaillé sur vos activités à Shilmista, dit-il en ramassant des papiers sur son bureau.

— Je ne sais pas écrire, plaisanta Ivan, mais je peux vous faire un ragoût d'oreilles de gobelins. Ça résumera assez bien nos activités, comme vous dites.

Même Danica ne put s'empêcher de sourire.

— Dame Maupoissant vous aidera, maugréa Avery, pesant sur chaque mot pour montrer son mécontentement.

— Pour quand le voulez-vous ? demanda la jeune femme.

Ses pensées se tournèrent vers Carradoon, puis vers Cadderly. Elle aurait dû poursuivre son chemin sans s'arrêter à la Bibliothèque...

— Vous avez rendez-vous avec le doyen Thobicus dans trois jours, annonça Avery. Cela vous laissera tout le temps de...

— Impossible, le coupa la jeune fille. Je dois le voir aujourd'hui, ou demain matin.

— Dans trois jours, répéta Avery. Il ne vous appartient pas de bouleverser l'emploi du temps du doyen, dame Maupoissant.

— Mais je ne suis pas membre de votre Ordre, protesta Danica. Je ne suis pas obligée de...

— Vous ferez ce que je vous dis. Ne croyez pas que vos exploits à Shilmista me fassent oublier que vous avez agressé Kierkan Rufo, prêtre de Dénéir et hôte de l'Edifiante Bibliothèque, sans provocation de sa part.

— Il l'avait bien cherché, rétorqua Ivan.

Avery ne put réprimer un sourire.

— Je n'en doute pas, croyez-le bien. Mais il y a des règles ici. ( Il plongea son regard dans celui de Danica. ) Si je donnais suite à la plainte de Rufo, vous pourriez être bannie de ce lieu pour le restant de votre vie. Et les textes de Penpahg d'Ahn, le fondateur de votre Ordre, se trouvent ici. Je sais à quel point vous tenez à vos études.

— Dans ce cas, pourquoi me menacez-vous ? aboya Danica, croisant les bras sur sa poitrine. Je sais bien que je n'aurais pas dû frapper Rufo. Mais si la situation se présentait de nouveau, si après autant d'épreuves je devais encore l'écouter se plaindre, je ne peux pas vous garantir que je ne recommencerais pas.

— Oï oï ! approuva Pikel, indigné.

Avery agita une main apaisante.

— Je vous assure que je ne laisserai pas Rufo vous ennuyer davantage. En échange, rendez-moi le service que je vous ai demandé. Préparez ce rapport et allez voir le doyen Thobicus dans trois jours, conformément à ses désirs. Je vous donne ma parole que nous ne reparlerons plus jamais de cette malheureuse affaire.

Danica poussa un soupir résigné.

— Au fait, Cadderly va bien, ajouta Avery sur un ton détaché.

La jeune fille frémit. Entendre prononcer ce nom faisait resurgir ses peurs et ses appréhensions.

— Il est descendu à l'auberge de la *Braguette du Dragon*, un établissement sans histoire. Le patron, Fredegar, est une de mes vieilles connaissances. Il veille sur lui, ce qui n'est pas très difficile puisque notre ami n'a pratiquement pas quitté sa chambre depuis son arrivée.

Le principal se faisait du souci pour son protégé. Danica comprit qu'il n'était ni son ennemi, ni celui de son bien-aimé. Il devait regretter beaucoup que le jeune érudit ait quitté la Bibliothèque sur un coup de tête...

— Je partirai pour Carradoon cet après-midi, ajouta Avery. Nous avons des choses à régler avec les dirigeants de la ville. Cette guerre qui plane sur nos têtes... Enfin, ne vous en souciez pas pour le moment. Vous avez bien gagné quelques jours de repos.

Danica et les nains prirent congé.

— Ne t'inquiète pas, dit Ivan à la jeune femme lorsqu'ils se retrouvèrent dans le couloir. De toute façon, mon frère et moi devrons bientôt aller à Carradoon faire des provisions pour l'hiver. Rédige ton rapport, rencontre le doyen Thobicus ; nous partirons ensemble immédiatement après. La route n'est pas longue, mais je n'aimerais pas te savoir seule dans les montagnes en cette saison.

Danica acquiesça, dissimulant un sourire. Les deux nains avaient autant envie qu'elle de revoir Cadderly. Cette pensée ne suffit pas à dissiper son angoisse.

Si son bien-aimé la rejetait à nouveau, comme il l'avait déjà fait à Shilmista, même ses chères études n'auraient plus guère de sens pour elle.

*
* *

— Je n'ai pas vu grand-chose, admit Danica en s'asseyant au bord du lit de Pertélope. Je montais la garde pour ne pas que Cadderly et Elbereth se fassent surprendre par nos ennemis. Je savais qu'ils seraient vulnérables pendant qu'ils lançaient leur appel...

— Mais tu es convaincue que Cadderly a joué un rôle important dans ce processus, dit Pertélope. Le prince elfe n'y serait pas arrivé seul.

Danica secoua la tête.

— J'ai entendu Cadderly chanter, essaya-t-elle d'expliquer. Il y avait quelque chose dans sa voix, un pouvoir sous-jacent...

Elle chercha en vain les mots justes. Ce qui s'était produit à Shilmista lui avait paru miraculeux. Et les miracles, par définition, échappent à toute analyse.

— Cadderly m'a dit qu'il avait fait quelque chose..., que l'appel n'était pas une simple incantation. Il a parlé d'une communion d'énergie, d'une vision qui l'a transporté dans le monde des arbres et lui a permis de les réveiller...

Pertélope acquiesça. Elle ne doutait ni de l'honnêteté de Danica ni du mystérieux pouvoir de Cadderly.

— Et la blessure du magicien elfe ?

— Un épieu était enfoncé de près de dix pouces dans le flanc de Tintagel. Elbereth pensait que son ami ne survivrait pas. Quand j'ai vu le mage une demi-heure plus tard, il était guéri.

— Tu as déjà vu des guérisseurs utiliser des sorts de soins à la Bibliothèque, dit Pertélope, tentant de dissimuler son excitation. Quand un des prêtres d'Oghma s'est cassé le bras en luttant contre toi, par exemple...

— Cela n'était rien comparé à ce qu'a fait Cadderly pour Tintagel ! assura Danica. Elbereth m'a dit qu'il tenait les entrailles du magicien dans sa main pendant que la peau se refermait autour de ses doigts !

Pertélope hocha la tête, méditant les paroles de la jeune fille.

Lorsqu'elle regarda de nouveau Danica, elle aperçut sur l'épaule de la guerrière une silhouette féminine minuscule et tremblante.

*Elle est pleine de passion et de crainte,* songea la principale. *Evoquer Cadderly ravive ses tourments.*

Pertélope secoua la tête pour chasser le chant qui résonnait en sourdine dans un coin de son esprit. Puis elle posa une main apaisante sur celle de la jeune femme.

— Merci d'être venue me voir. Tu nous as beaucoup aidés, Cadderly et moi.

Pertélope n'aimait pas la dissimulation, mais elle savait que la guerrière ne comprendrait pas les pouvoirs à l'œuvre chez son ami. Ces mêmes pouvoirs l'accompagnaient depuis une vingtaine d'années et elle n'était toujours pas certaine de bien les comprendre.

Le lit craqua ; Danica se releva pour partir.

— Je dois y aller, dit-elle en jetant un coup d'œil vers la porte. Si vous voulez, je peux revenir...

— Inutile, répondit Pertélope en souriant. Sauf si tu as envie de te confier à quelqu'un, bien sûr.

Elle invoqua à nouveau le chant et les perceptions surnaturelles qui l'accompagnaient. La petite silhouette tremblait toujours sur l'épaule de Danica, un peu plus calme qu'avant.

La jeune femme sortit de la chambre et Pertélope poussa un long soupir. Elle ôta l'un de ses gants pour gratter la peau de requin qui se cachait dessous, et tenta de se souvenir des épreuves qu'elle avait endurées lorsque Dénéir l'avait choisie — ou maudite, comme elle le pensait parfois.

Un sourire naquit sur ses lèvres.

— Non, pas maudite, dit-elle en levant les yeux vers le plafond, comme si un interlocuteur invisible s'y tenait.

Elle invoqua le chant de l'harmonie universelle, et égrena ses notes pour mieux communier avec son dieu.

— Ainsi, tu as choisi Cadderly, murmura-t-elle. Sinon, il n'aurait pu accomplir ces miracles à Shilmista. Je l'envie autant que je le plains, car il est jeune et fort, plus fort que je ne l'ai jamais été. Il deviendra certainement très puissant.

Personne ne lui répondit ; il ne fallait pas s'y attendre. Elle devait chercher seule les réponses à ses questions.

Et Cadderly devrait apprendre à en faire autant.

# CHAPITRE VI

## UN MENDIANT, UN VOLEUR

En franchissant les portes de Carradoon, Cadderly évita de regarder les sentinelles. Depuis son départ de l'auberge, il avait croisé des gens de toutes les origines et de toutes les classes sociales ; la variété des silhouettes aperçues sur leurs épaules l'épouvantait. Le chant de Dénéir résonnait dans sa tête comme s'il l'avait inconsciemment invoqué : le mot « aurore » restait le seul terme identifiable. Cadderly ne comprenait pas ce qui lui arrivait ; il craignait de devenir fou en essayant.

Il se sentit mieux dès qu'il eut quitté les rues animées de la ville, s'engageant sur un chemin bordé d'arbres, où le pépiement des oiseaux était le seul bruit à des centaines de pas à la ronde.

— Je dois être victime de la malédiction des ermites, soupira-t-il, ces pauvres âmes solitaires rejetées par le reste de la société. Ils n'ont pas choisi de s'isoler. Probablement sont-ils affligés du même mal que moi, ce qui les oblige à vivre loin de toute créature intelligente...

S'appuyant contre le tronc d'un arbre, le jeune homme leva les yeux vers un écureuil.

— Toi au moins, tu ne caches aucune ombre. Tu n'as aucun désir que tu ne puisses satisfaire...

— Sauf si une femelle se balade dans les environs, dit une voix derrière lui.

Cadderly sursauta. Un grand homme robuste, vêtu de haillons, le dévisageait d'un air amusé. Il portait des bottes trouées et des gants dépareillés.

Inconsciemment, le jeune érudit serra sa canne de marche. Les voleurs étaient toujours nombreux sur les routes, surtout en cette saison.

— A la réflexion, ce n'est pas un bon exemple. La femelle serait sans doute aussi empressée de conclure l'affaire que lui. Les animaux sont ainsi. Quel dommage qu'il n'en aille pas de même pour les humains ! poursuivit l'inconnu en adressant un clin d'œil à Cadderly.

Le jeune homme rougit. Poussé par la curiosité — le vagabond s'exprimait si bien —, il jeta un coup d'œil à ses épaules. Mais le chant l'avait quitté, et il ne vit que les lambeaux d'un vieux châle de laine.

— Une belle journée pour se promener, reprit l'inconnu en voyant que Cadderly ne réagissait pas. Quel dommage d'être obligé de pénétrer dans une ville où les bâtiments cachent le paysage !

— Je ne sais pas si les gardes vous laisseront passer, fit remarquer Cadderly.

Les miliciens étaient plus vigilants que d'habitude depuis que circulaient les rumeurs de guerre.

Ouvrant une petite bourse attachée à sa ceinture, le vagabond en sortit une pièce d'argent.

— Un pot-de-vin ? demanda Cadderly.

— Non, le prix de mon billet d'entrée, corrigea

l'inconnu. On dit qu'il faut dépenser de l'or — ou de l'argent, dans mon cas — pour faire de l'or. Je veux bien lâcher mes derniers sous pour en gagner davantage à l'intérieur de la ville.

Cadderly le dévisagea. L'homme ne portait aucun insigne de guilde, aucun outil permettant de l'identifier comme un artisan.

— Vous êtes un voleur, laissa-t-il tomber d'un air dégoûté.

— Jamais, répondit l'inconnu, très calme.

— Un mendiant ? demanda Cadderly sans se départir de son expression.

L'homme porta la main à sa poitrine et tituba comme si le jeune érudit l'avait frappé en plein cœur.

A présent, Cadderly distinguait des ombres : celle d'une femme tenant un bébé sur son épaule droite, et d'un enfant plus âgé sur la gauche. Il sonda le visage de l'inconnu ; celui-ci semblait chagriné sous son masque sarcastique. Baissant les yeux, le jeune homme remarqua pour la première fois que son interlocuteur boitait et qu'il avait une ecchymose d'un bleu-vert sur le poignet.

Une vague de nausée submergea Cadderly. Les miasmes de la maladie enveloppaient l'inconnu comme un brouillard ; le jeune érudit comprit pourquoi un homme si intelligent en était arrivé là.

C'était un lépreux.

— Je... je vous demande pardon, balbutia Cadderly. Je ne savais pas...

— Personne ne sait jamais, laissa tomber l'inconnu d'une voix pleine de rage. Je ne veux pas de ta pitié, jeune prêtre de Dénéir, mais je prendrai volontiers ton argent.

Cadderly se méprit sur le contenu de cette remarque et serra le pommeau de sa canne de marche.

— Mais non, dit le vagabond en secouant la tête. Je

veux parler des pièces que tu ne manqueras pas de me donner pour soulager ta conscience.

Le jeune érudit fut surpris par la clairvoyance de l'homme et nota avec intérêt qu'il avait reconnu son symbole religieux.

— Comment quelqu'un comme moi a-t-il pu tomber si bas ? ricana l'inconnu. ( Une main posée sur sa poitrine, il écarta l'autre bras en un geste grandiloquent. ) Comment peut-il se rouler dans la fange avec les pouilleux ? Les pouilleux ? Mais que sais-tu d'eux, arrogant jeune prêtre ? Toi qui es si intelligent — c'est la caractéristique de ton Ordre, hein ? L'intelligence, cracha-t-il d'un air dégoûté. Ce n'est qu'une excuse pour les gens comme toi. Elle vous sépare des autres, vous élève au-dessus du reste du monde. Elle vous aveugle.

— Je n'ai pas mérité ces reproches, protesta Cadderly.

L'homme éclata d'un rire incrédule.

— Pas mérité ? Dis-moi, jeune prêtre si sage et si intelligent, ce que *méritent* les pouilleux qui rampent dans les ruelles de Carradoon ?

Cadderly sentit une énergie destructrice monter en lui — il allait exploser. Il se souvint de la façon dont il avait réveillé les arbres à Shilmista, avant de soigner Tintagel. Une page du *Grimoire de l'Harmonie Universelle* apparut devant ses yeux, aussi clairement que s'il avait tenu le livre ouvert en face de lui, et il comprit la raison de sa rage. Baissant les yeux vers les ecchymoses de l'inconnu, il emplit ses narines de son odeur de pourriture...

— *Pieta pieta, dominus...*, commença-t-il.

— Non ! s'écria l'homme en se précipitant vers lui.

Cadderly leva un bras pour le repousser, mais l'inconnu était fort et rapide. Il saisit le jeune érudit par le col et se mit à le secouer.

— Mais... je pourrais vous guérir, protesta Cadderly.

— Vraiment ? ricana l'homme en le lâchant. Et pourrais-tu les guérir ? demanda-t-il en désignant le mur d'enceinte de Carradoon. Pourrais-tu *tous* les guérir ? Tous les maux du monde disparaîtraient-ils devant un jeune prêtre de Dénéir ? ( Il fit volte-face et leva la tête pour que sa voix porte mieux. ) Amenez-moi tous les pouilleux ! Qu'ils viennent s'aligner devant ce... ce... cet envoyé des dieux !

— Je n'ai pas mérité ces reproches, répéta Cadderly.

Les épaules de l'homme s'affaissèrent.

— Non, acquiesça-t-il. Mais accepte-les comme une minuscule injustice dans un monde qui en est rempli.

Le jeune prêtre cligna des yeux pour chasser ses larmes naissantes.

— Comment s'appellent-ils ? demanda-t-il d'une voix enrouée.

Le vagabond lui jeta un regard étonné, puis sourit d'un air triste.

— Jhanine, ma femme. Toby, mon fils, et Millinea, ma petite dernière. Pour l'instant, aucun d'entre eux ne présente ce signe du mal qui me ronge. Je les vois rarement, pour leur apporter la pitance que je soutire aux riches arrogants de Carradoon.

Il gloussa en voyant Cadderly s'empourprer, et s'inclina à demi devant le jeune homme.

— Mille pardons. Il m'arrive aussi d'être aveugle et de voir tous les gens fortunés sous le même jour.

Le prêtre hocha la tête pour indiquer qu'il comprenait.

— Et vous, comment vous appelez-vous ?

— Sans-Nom, répondit l'inconnu sans hésitation. Oui, cela me va comme un gant. Sans-Nom, frère des anonymes qui dépérissent au milieu des ordures entre les demeures des riches.

— Je peux vous guérir, répéta Cadderly.

Sans-Nom haussa les épaules.

— D'autres ont déjà essayé. Des prêtres de ton Ordre, et aussi ceux d'Oghma quand je me suis rendu à l'Edifiante Bibliothèque.

En entendant mentionner l'endroit où il avait passé sa vie, Cadderly fronça les sourcils.

— Mais je ne suis pas comme eux, dit-il avec force.

Le vagabond sourit.

— Non, c'est vrai.

— Dans ce cas, pourquoi refusez-vous mon aide ?

— Je vais y réfléchir.

Cadderly vit briller une lueur d'espoir dans les yeux bruns de son interlocuteur. Une quatrième petite silhouette — celle de Sans-Nom lui-même — apparut sur son épaule, prit le bébé Millinea des mains de sa femme et le lança joyeusement en l'air. Mais la scène se dissipa rapidement.

Le jeune érudit hocha la tête. Sans-Nom ne pouvait se laisser aller à entretenir de faux espoirs.

Cadderly sortit une bourse de sa poche.

— Acceptez au moins ceci.

Le vagabond prit les pièces sans rechigner. Cette offre, contrairement à la première, n'éveillait en lui aucune espérance déplacée, car elle se suffisait à elle-même.

— Je suis un des arrogants dont vous avez parlé, reconnut Cadderly.

— Cette bourse allégera-t-elle le poids qui pèse sur ta conscience ? demanda Sans-Nom en plissant les yeux.

— Pas vraiment. Disons que je vous la donne parce que Jhanine, Toby, Millinea et vous la méritez davantage que moi. En ce qui concerne mon sentiment de culpabilité..., je le porterai jusqu'à ce que je trouve un meilleur moyen de m'en défaire. Vous n'avez qu'à considérer cet argent comme le prix de votre enseignement, si ça peut vous consoler d'avoir roulé un innocent comme moi.

Le vagabond éclata de rire.

— Décidément, jeune prêtre, tu n'as rien de commun avec ceux de ton Ordre qui m'ont raccompagné aux portes de l'Edifiante Bibliothèque... et qui se préoccupaient plus des raisons de leur échec que des conséquences qu'il avait pour moi.

*C'est pour ça qu'ils ont échoué*, comprit Cadderly.

— C'est vraiment une belle journée ! poursuivit Sans-Nom. J'espère que tu l'apprécies autant que moi. ( Il fit tinter les pièces, à l'intérieur de la bourse. ) Que les ruelles puantes de Carradoon aillent aux enfers pour aujourd'hui !

Il esquissa un petit pas de danse, puis se tourna vers Cadderly et lui tendit sa main gantée.

Le jeune érudit comprit qu'il s'agissait d'un test, et se sentit heureux de pouvoir le passer aussi facilement. Sans une pensée pour les superstitions populaires, il saisit la main tendue et la serra dans la sienne.

— Je passe souvent par ici, dit-il simplement. Réfléchissez à ma proposition.

Trop touché pour répondre, Sans-Nom se contenta de hocher la tête. Puis il fit demi-tour et s'éloigna en boitant.

*

* *

Sans-Nom sourit en voyant un écureuil perdre l'équilibre sur une branche, puis se rattraper de justesse. Ce simple mouvement symbolisait ce qui venait de se passer entre lui et le curieux jeune prêtre : il était la branche, et Cadderly le petit animal qui évitait de tomber. Cette pensée lui donna le sentiment d'avoir été utile pour la première fois depuis bien longtemps.

Mais il n'avait pas le temps de s'attarder à ces considérations. Il ne rencontrerait pas tous les jours d'autres gens comme Cadderly, capables de voir leur arrogance mise à nu. Non, il devrait continuer à lutter jour après jour, comme il le faisait depuis plus d'un an pour nourrir sa petite famille...

Mais l'argent du jeune prêtre constituait une véritable aubaine. Il allait enfin pouvoir rendre visite à Jhanine et aux enfants. Cela faisait plusieurs semaines qu'il repoussait ce moment, et..

Il s'immobilisa en voyant un petit homme aux paupières tombantes jaillir de derrière un arbre.

— Désolé de t'avoir fait peur, l'ami, dit le nouveau venu d'une voix monocorde.

D'instinct, Sans-Nom rangea la bourse de Cadderly dans sa poche et ramena ses mains devant lui.

— Je suis un lépreux, gronda-t-il, utilisant sa maladie comme une menace.

Le petit homme gloussa.

— Tu me prends pour un voleur ? Mais tu vois bien que je n'ai pas d'armes !

— Pas d'armes visibles, répondit le vagabond sur la défensive.

— Je vois que nous portons tous deux des gants dépareillés, dit le petit homme en tendant les mains. Nous sommes semblables, en quelque sorte.

*Ça m'étonnerait,* songea Sans-Nom. Les gants de l'inconnu, l'un noir et l'autre blanc, devaient à eux seuls valoir plus d'argent qu'il n'y en avait dans la bourse de Cadderly.

— Si vous êtes aussi un vagabond, dit-il à voix haute, allez à Carradoon. La ville n'est qu'à une lieue d'ici, et on y fait de bonnes affaires.

— Tu te rendais là-bas quand le jeune prêtre t'a fait changer d'avis, n'est-ce pas ? demanda le petit homme. Parle-moi de lui.

Sans-Nom fronça les sourcils.

— Vous le connaissez ?

— Oui. Tous ceux de notre espèce ne devraient-ils pas connaître quelqu'un d'aussi généreux ?

Sans-Nom se sentit plus à l'aise. Il existait entre les vagabonds un code d'honneur qui les empêchait de s'agresser les uns les autres.

— Ainsi, vous êtes un mendiant, dit-il en poussant un soupir de soulagement.

— Peut-être. J'ai été beaucoup de choses, mais pour l'instant je suis un mendiant. Ou du moins, j'en serai bientôt un, lâcha mystérieusement l'étranger.

Il déboutonna le haut de sa tunique, dévoilant un petit miroir suspendu à une chaîne dorée.

Curieux, Sans-Nom se pencha vers son reflet.

Il sentit l'intrusion psychique, sans pouvoir la repousser. La magie le tenait. Il ne voyait rien d'autre que sa propre image, cernée de noir comme s'il avait été transporté dans un monde obscur. Il regarda désespérément autour de lui, essayant de reconnaître quelque chose.

Mais il ne vit que son reflet.

Un bruit sec, puis son image bougea. Pourtant, son corps n'avait pas remué. Un éclair de douleur déchira son esprit tandis qu'il quittait son enveloppe charnelle et flottait, impuissant, vers le réceptacle efféminé qui l'attendait.

Un nouvel éclair de douleur...

Sans-Nom cligna des yeux. Il voyait à nouveau son image, mais celle-ci portait un gant blanc et un noir. Alors il réalisa qu'il ne s'agissait plus d'un reflet, mais de son corps.

— Que m'avez-vous fait ? hurla-t-il, tendant la trop fine main de l'étrange forme qui était maintenant la sienne.

Mais ses mouvements étaient lents et lourds, comme s'il était atteint d'une étrange faiblesse...

Fantôme claqua des doigts, et les gants disparurent. Puis il repoussa le corps pitoyable qui venait de l'empoigner, referma les mains autour de son cou et commença à serrer.

Sans-Nom se débattit aussi férocement qu'il le put. En vain. Fantôme avait déjà tué ce corps des dizaines de fois, comme les deux qu'il avait occupés auparavant. Il lui était très utile ; nul ne songeait à se méfier d'un nabot dont un jeune garçon aurait pu venir à bout.

Le cadavre tomba sur le sol. Fantôme rappela son miroir et l'utilisa pour regarder s'élever l'esprit du mendiant. Puis il ôta son gant noir et le posa sur le corps désormais vide.

Il ferma les yeux et se contracta en prévision de la douleur. Malgré des années de pratique, il avait toujours mal au moment de transférer une partie de son esprit dans le cadavre du petit homme. Mais il n'avait pas le choix. Grâce au puissant objet magique dissimulé dans sa botte, le corps allait guérir... S'il restait vide, l'esprit du mendiant risquait d'y revenir.

Le *Ghearufu* lui avait montré comment agir pour que cela ne se produise pas. Et il avait eu trois vies pour parfaire sa technique.

S'assurant que le chemin était vide, Fantôme traîna le cadavre du petit homme sur le bas-côté et le dissimula dans un fourré. Il sentait la maladie dans son nouveau corps — une impression très déplaisante. Mais elle ne subsisterait pas longtemps ; il se débarrasserait de l'enveloppe charnelle du lépreux dès qu'il aurait rencontré Cadderly.

Il s'assit au bord du chemin, se demandant combien de temps il devrait attendre le retour du jeune prêtre.

*

* *

L'esprit de Sans-Nom flottait à côté du cadavre du petit homme. Il ne comprenait pas ce qui venait de lui arriver. Si Cadderly avait été là, il aurait vu les ombres de Jhanine, de Toby et de Millinea s'éparpiller aux quatre vents, comme les espoirs que le pauvre homme n'avait jamais osé entretenir...

## CHAPITRE VII

### LE LABYRINTHE

Cadderly s'approcha de la colline au sommet de laquelle se dressait la tour de Belisarius. Le magicien était très sage, mais pourrait-il l'aider ? Le jeune prêtre ne savait même pas s'il parviendrait à obtenir une audience. A plusieurs reprises, il avait effectué des travaux importants pour lui, mais cela ne lui donnait pas le droit de le considérer comme un ami.

Il se sentit soulagé en voyant apparaître un escalier de pierre. Apparemment, le sorcier était chez lui, et il l'avait vu arriver.

Soixante-quinze marches plus tard, Cadderly atteignait le sommet de la colline. Il s'engagea sur le sentier de gravillons qui conduisait à la porte de la tour.

Celle-ci s'ouvrit dès qu'il approcha — peut-être avait-elle été ouverte depuis le début... L'illusion était la spécialité de Belisarius. Le jeune érudit fit un pas en avant, puis s'arrêta en entendant un grincement. Un pan de mur coulissa, bloquant l'entrée et révélant un escalier en colimaçon envahi par les toiles d'araignée.

Cadderly se gratta la barbe et réfléchit. Il se souvint de ses premières visites en compagnie du principal Avery. Belisarius les soumettait chaque fois à un test d'intelligence. Très bien ! Cela le distrairait des questions qu'avait soulevées le mendiant.

— Un nouveau chemin, une nouvelle astuce, dit-il tout haut à l'attention du magicien.

Celui-ci devait être en train de l'observer. Cadderly prit une torche dans un des porte-flambeaux et s'engagea dans l'escalier. Il avait à peine descendu vingt marches qu'il déboucha dans un petit couloir au bout duquel se dressait une épaisse porte de bois. Etudiant le battant, il le toucha pour en éprouver la solidité. Enfin, certain de n'avoir pas affaire à une illusion, il le poussa et continua son chemin.

L'étage inférieur le laissa perplexe. L'escalier suivant débouchait sur l'intersection de trois tunnels de pierre, au premier abord rigoureusement identiques. Cadderly fit un pas en avant dans le couloir du milieu, puis changea d'avis et emprunta celui de gauche.

Deux nouvelles portes... et une seconde intersection. Des passages s'ouvraient dans les murs de chaque tunnel. Le jeune érudit félicita Belisarius. Tous les chemins semblant valables, il lança sa canne de marche et choisit la direction indiquée par le pommeau.

Il tourna à gauche, puis deux fois à droite et continua tout droit, laissant derrière lui trois portes ouvertes.

— Excellent ! s'exclama-t-il sur un ton admiratif en se retrouvant à l'endroit d'où il était parti, au pied du second escalier.

Sa torche était aux trois quarts consumée, mais il poursuivit son exploration, prenant garde à ne pas passer aux mêmes endroits que la première fois.

Finalement, il se retrouva plongé dans le noir. Sans hésiter, il ferma les yeux et invoqua l'une des pages du *Grimoire de l'Harmonie Universelle*. Il entendit quelques notes du chant de Dénéir et, tendant le doigt vers sa torche éteinte, prononça les paroles appropriées. La lumière apparut, si vive que Cadderly dut cligner des yeux à plusieurs reprises avant de reprendre son chemin.

Il entendit un grattement et s'immobilisa. Le bruit ne pouvait pas avoir été fait par un rat, il était beaucoup trop fort...

L'image d'un taureau vint à l'esprit du jeune homme. Il voulut éteindre sa lumière, puis se ravisa. S'avançant sur la pointe des pieds jusqu'au croisement, il ôta son chapeau et jeta un coup d'œil prudent de l'autre côté du mur.

La créature qu'il avait entendue était humanoïde, mais certainement pas humaine. Elle mesurait plus de six pieds de haut ; ses épaules et son torse étaient d'une largeur impressionnante, et sa tête était effectivement celle d'un taureau. Elle portait un pagne en fourrure pour tout vêtement et n'était pas armée, ce qui rassura modérément Cadderly.

Un minotaure ! Le jeune érudit sentit le cœur lui manquer. Soudain, il douta que cette petite exploration ait été orchestrée par Belisarius. Le magicien avait peut-être été influencé par quelque force pernicieuse et maléfique qui...

Le monstre gratta le sol de son sabot et chargea, envoyant Cadderly s'écraser de l'autre côté du tunnel.

Le jeune homme se releva, l'épaule meurtrie, et brandit sa canne de marche tout en se demandant quel mal pareille arme pourrait bien faire à ce puissant adversaire.

Le minotaure revint à la charge. Cadderly abattit sa canne sur le torse de la créature, mais ne réussit qu'à la briser en deux. Le monstre baissa la tête et coinça le jeune érudit entre ses deux longues cornes. Puis il fit un pas en avant.

Cadderly ne pouvait plus ni bouger ni respirer. Le minotaure ouvrit la bouche, découvrant des dents formidables à quelques pouces du cou de sa proie.

Alors le jeune érudit reconnut les champs d'énergie qui flottaient autour de lui. Il baissa les yeux vers le sol, sur lequel gisait sa canne de marche, intacte.

Prenant une profonde inspiration, il plongea un bras dans la gueule du minotaure, puis plus bas, dans sa poitrine. Lorsqu'il ressortit sa main, il tenait le cœur de la bête.

— J'ai descendu deux escaliers qui en réalité montaient, et franchi six portes dont deux étaient illusoires. Je dois donc me trouver dans l'aile ouest de votre bibliothèque, n'est-ce pas, Belisarius ? annonça-t-il.

Le minotaure disparut ; son cœur encore battant demeura dans la main du jeune homme. L'illusion se dissipa, et Cadderly se retrouva, comme il s'y attendait, dans la bibliothèque du mage.

Belisarius, surpris et presque effrayé, se tenait de l'autre côté de la pièce. Ses sourcils broussailleux froncés, il s'appuyait contre une étagère.

Cadderly lui fit un clin d'œil, approcha le cœur de son visage et ouvrit la bouche comme s'il allait mordre dedans.

— Quelle horreur ! s'exclama le mage en mettant une main devant ses lèvres. Par pitié, ne fais pas ça !

D'une simple pensée, le jeune érudit fit disparaître le cœur. Il ne savait pas de quelle manière il l'avait fait apparaître, mais peu importait.

— Comment ? balbutia Belisarius.

— Ma magie a... changé récemment. Elle s'est renforcée...

— Mais ton acte ne correspond à aucun sort clérical que je connaisse, protesta le vieil homme. Des images si parfaites...

Il réprima tant bien que mal un haut-le-corps.

— Je n'ai rien créé, expliqua Cadderly. Je n'ai même pas rassemblé les forces nécessaires ; je les ai simplement vu jouer. En perçant votre piège à jour, je l'ai... disons perverti.

— Tu aurais pu te contenter de le dissiper, comme font la plupart des prêtres, grogna Belisarius.

Le jeune homme haussa les épaules.

— C'est ce que j'ai cru faire. Mais je n'en suis pas sûr... D'ailleurs, c'est pour ça que je suis venu vous voir.

Belisarius l'invita à s'asseoir, puis sortit de sa poche les trois objets que Cadderly lui avait confiés quelques semaines auparavant. Trois anneaux et une baguette, qu'il posa sur une table en attendant que le jeune érudit commence son récit.

Cadderly hésita. Tant de choses étaient advenues au cours des derniers mois ! Il se décida à raconter toute l'histoire, sans oublier un seul détail : comment il avait réveillé les arbres de Shilmista, guéri Tintagel, regardé s'élever l'esprit de l'étalon Temmerisa, créé de la lumière... et vu des ombres danser sur les épaules de ceux qui l'entouraient. Il ne garda pour lui que ses rêves les plus récents — probablement parce qu'il avait peur de ce que leur contenu révélait.

Belisarius hocha la tête.

— Tous les sorts dont tu me parles peuvent être lancés par des prêtres. Certains, comme la création de lumière, appartiennent à la panoplie des mages. Et en ce qui concerne les ombres, cela fait des siècles que les prêtres sont capables de déterminer l'état d'esprit général des individus...

— « Aurore », dit Cadderly, faisant allusion au seul mot du chant de Dénéir qu'il ait compris. Je ne comprends pas en quoi l'aube peut affecter mes sorts...

Belisarius gratta sa barbe.

— Ce n'est peut-être pas la seule signification de ce terme. Quand ton grimoire a-t-il été rédigé ?

Cadderly réfléchit et comprit son erreur.

— Aura ! s'exclama-t-il vivement. Autrefois, ce terme se référait à l'émanation de lumière, ou de bonté, propre à une personne.

— Il s'agit donc bien d'un sort clérical. Mais tu n'es pas encore capable d'en interpréter les signes.

Cadderly hocha la tête. Mais il n'était pas d'accord avec le mage : il savait, ou plutôt il sentait d'instinct ce que signifiaient les ombres.

— Quand même... J'ai déjà vu des prêtres lancer des sorts, et je ne procède pas du tout comme eux. Par exemple, je n'ai pas besoin d'étudier, ni de faire des gestes pour incanter.

Belisarius fronça les sourcils.

— Vous savez quelque chose, dit le jeune homme d'un ton accusateur.

— Disons plutôt que j'ai des soupçons. J'ai entendu parler d'un certain nombre d'individus possédant des pouvoirs magiques mentaux...

— Les psioniques, interrompit Cadderly.

— Je vois que tu connais, soupira Belisarius. ( Il leva les yeux au ciel. ) Sais-tu qu'il est frustrant de discuter avec toi ? Tu sais toujours tout sur tout !

— Pas vraiment, répondit Cadderly en souriant. Sans quoi je n'aurais pas besoin de vous.

— Les pouvoirs psioniques ressemblent à ceux des mages, mais émanent de l'esprit de leur possesseur et non de l'univers qui l'entoure. Je connais tes capacités mentales. Ta mémoire fabuleuse est une des premières caractéristiques des psionistes.

Cadderly secoua la tête.

— Le pouvoir que j'ai manipulé tout à l'heure était physique. Sinon, aurais-je pu contrarier votre sort ?

Belisarius se tapota la lèvre inférieure.

— Je n'en sais rien, admit-il.
— De toute façon, ça ne colle pas. Je suis le réceptacle et le... transmutateur... d'un pouvoir qui ne m'appartient pas... j'en suis certain.
— Peut-être, mais pour l'utiliser, tu dois te servir d'un véhicule, autrement dit d'un sort. Tu ne peux pas puiser dans les énergies universelles et leur faire accomplir ton moindre caprice !
Belisarius semblait au bord de la crise de nerfs, et Cadderly le comprenait. Le vieux mage n'aimait pas remettre en question les études auxquelles il avait consacré son existence...
— Le chant ! s'exclama le jeune érudit.
Belisarius lui lança un regard d'incompréhension.
— Le *Grimoire de l'Harmonie Universelle*, expliqua Cadderly. Le livre sacré de Dénéir. Chaque fois que j'utilise mes pouvoirs, même inconsciemment, j'entends son chant dans un coin de ma tête.
— De quel chant parles-tu ? demanda le mage, ébahi.
— Le... le rythme des mots. Je ne sais pas comment vous expliquer.
Belisarius haussa les épaules.
— C'est là ton véhicule, mais je crains de ne pouvoir t'apprendre grand-chose à son sujet. Laisse-moi cependant te mettre en garde : tu n'as pas bonne mine.
— Je n'ai pas bien dormi ces derniers temps.
— Là n'est pas la question. Le transfert d'énergie magique est épuisant pour celui qui le pratique. Les magiciens sont limités par le nombre de sorts qu'ils peuvent mémoriser. De la même façon, les pouvoirs d'un prêtre lui sont accordés par son dieu en fonction de ce qu'il peut supporter. Mais si tu as découvert un moyen d'outrepasser les limites normales, j'espère pour toi que tu sauras te modérer. Sans quoi, la magie te consumera corps et âme...

Cadderly frissonna. Peut-être devrait-il rentrer à la Bibliothèque et avoir une conversation avec Pertélope.

— En ce qui concerne les objets que tu m'as apportés..., dit Belisarius, tendant la main vers la petite table.

Il désigna l'anneau orné d'un symbole religieux qui avait autrefois appartenu à la sorcière Dorigène.

— Comme tu t'en doutais déjà, celui-ci ne renferme aucune magie.

Cadderly le prit et le remit dans sa poche. Le mage passa ensuite à un anneau d'or et d'onyx.

— En revanche, celui-ci est très puissant.

— Je sais. Il invoque un mur de flammes lorsqu'on prononce le mot « *Fete* ». ( Voyant son interlocuteur froncer les sourcils, le jeune homme ajouta : ) J'ai vu quelqu'un s'en servir.

— As-tu entendu parler d'un magicien nommé Agannazzar ?

Cadderly secoua la tête, ce qui arracha un sourire à Belisarius.

— Il est né il y a deux siècles environ. Je pense que cet artefact lui appartenait.

Puis le magicien saisit la baguette, gardant l'anneau de diamants pour la fin.

— C'est un objet commun, mais très utile.

Cadderly leva la main pour l'interrompre. Le chant s'élevait dans un coin de son esprit. Il plissa les yeux et lâcha :

— De la lumière.

Belisarius, étonné, examina l'objet pour voir s'il n'y avait pas de runes gravées dans le bois.

— Tu l'as déjà vu fonctionner ? demanda-t-il, plein d'espoir.

— Non, répondit Cadderly, l'air absent.

Dans son esprit, il voyait des lumières dansantes former des images.

— En tout cas, tu as raison. Cette baguette possède

quatre pouvoirs distincts, correspondant à différents niveaux d'illumination. Les mots de pouvoir sont...

— *Domin illu*, souffla le jeune érudit. *Illu. Mas illu. Illumas belle.*

Belisarius se renfrogna.

— Si tu le sais déjà, pourquoi me fais-tu perdre mon temps ?

— Mais je..., protesta Cadderly.

Furieux, le mage lui lança la baguette à la figure.

— Va plutôt voir un prêtre !

— Il reste encore un anneau, rappela le jeune homme.

Belisarius lui tendit à contrecœur la bague d'or et de diamants.

— Tiens ! Devine toi-même ce qu'elle fait !

Pour préserver la fierté mise à mal de son allié, Cadderly fit délibérément taire le chant.

— Elle n'est pas magique, mentit-il effrontément.

— Ha ha ! triompha Belisarius en brandissant l'anneau. Bien au contraire ! C'est l'objet le plus puissant des quatre ! Il permet aux mages d'augmenter leurs pouvoirs. Mais il ne te servira pas à grand-chose...

Une alarme se déclencha dans l'esprit de Cadderly. Le vieillard n'essayait-il pas de le rouler ? Il se concentra et vit une petite silhouette qui se frottait les mains avec avidité. Pourtant, d'après son attitude, le jeune homme en déduisit que le mage ne lui mentait pas.

— Gardez-le, offrit-il avec générosité.

Belisarius faillit tomber de sa chaise tant il était surpris. Un immense sourire fendit son visage.

— Je veux bien. Que puis-je te donner en échange ? ( Cadderly haussa les épaules. ) Mais si, mais si. C'est un cadeau très précieux, et je ne peux pas...

— De toute façon, je n'arriverai pas à m'en servir,

rappela le jeune érudit, un peu honteux d'avoir douté de l'honnêteté de son ami.

Belisarius hocha la tête, mais n'en chercha pas moins un moyen de le remercier.

— Ta canne de marche ! s'exclama-t-il enfin. Tu t'en sers comme d'une arme ?

— Euh, oui. Si j'y suis vraiment obligé.

— Mais elle n'est pas aussi solide que tu l'aimerais, n'est-ce pas ? Laisse-la-moi pendant quelques jours, et je te promets que tu ne la reconnaîtras pas.

— Etes-vous également enchanteur ?

— Ha ! Je possède de nombreux talents qu'un prêtre ne peut pas comprendre !

— Oui. Surtout si ce prêtre ne comprend pas ses propres pouvoirs, concéda Cadderly.

*
* *

Sur le chemin du retour, le jeune érudit fut surpris de croiser Sans-Nom. Il croyait le mendiant à Carradoon ou reparti voir sa famille pour partager avec elle son aubaine. Mais non...

Cadderly fut encore plus surpris lorsque Sans-Nom lui jeta un regard en coin, agitant la bourse devant lui avec un sourire cupide. Ce geste ne collait pas avec la personnalité de l'homme fier qu'il avait rencontré un peu plus tôt.

Alors il aperçut les ombres. Elles étaient moins distinctes que celles de Jhanine et des enfants, et plus sinistres... Des silhouettes grouillantes et malveillantes qui ondulaient comme au gré du vent. Une serre imaginaire se tendit vers Cadderly et griffa l'air sous son nez.

Soudain, le jeune homme eut très peur. Ses cheveux se dressèrent sur sa nuque et son cœur se mit à battre à tout rompre. Une odeur douceâtre envahit ses narines. Il crut entendre des mouches bourdonner tout près de lui et secoua la tête. N'était-il pas en train de devenir fou ? C'était comme si ses perceptions avaient été décuplées, menaçant de le submerger...

Il prit une profonde inspiration pour se calmer.

— Belle journée, n'est-ce pas ? lança le mendiant d'un air jovial. ( Cadderly fit volte-face. ) Dois-tu déjà partir ? demanda Sans-Nom.

Le jeune homme hocha la tête et, sans se retourner, reprit le chemin de la ville.

L'odeur de pourriture et le bourdonnement des mouches l'accompagnèrent pendant quelques instants. S'il avait été seul, il se serait arrêté pour en chercher la source. Il aurait peut-être découvert le cadavre du petit homme, déjà en voie de décomposition sous le soleil d'automne.

Et en faisant appel à ses perceptions magiques, il aurait aperçu l'esprit de Sans-Nom, impuissant et désespéré, qui attendait en vain que les dieux viennent le réclamer...

# CHAPITRE VIII

## MAUX NÉCESSAIRES

Le jeune prêtre avait remarqué quelque chose ! Fantôme jura tout bas et réfléchit. Jamais il n'avait cru pouvoir se débarrasser de sa proie avec facilité. Après tout, selon ses informations, ce Cadderly était un adversaire dangereux. Mais quand il l'avait vu arriver, seul et sans armes, il s'était pris à espérer...

Le mendiant avait pourtant gagné la confiance du jeune érudit. Fantôme avait écouté leur conversation ; il en était certain. Alors, qu'avait-il bien pu faire pour que Cadderly s'enfuie à sa vue ? Avait-il commis une erreur ?

Une peur étrange s'empara de lui. Et si le jeune prêtre était suffisamment fort pour tenir en échec la magie du *Ghearufu* ? Ça ne lui n'était arrivé que deux fois auparavant, contre de puissants magiciens.

— Par bonheur, il y a d'autres moyens, dit Fantôme à voix haute.

Bénéficiant de nombreux alliés, il avait fini par transformer les deux magiciens en nourriture pour les vers, le premier en possédant sa femme, le second en s'infiltrant dans sa maisonnée et en l'espionnant pour le compte d'un autre Masque de la Nuit.

— J'aurai ta peau, jeune Cadderly, n'en doute pas une seule seconde.

Fantôme se dirigea vers le cadavre. L'anneau de régénération avait bien fait son travail. Seule une vague odeur de pourriture planait encore dans l'air.

Le tueur se glissa dans son corps à l'apparence inoffensive. Lorsqu'il se releva, la forme du mendiant s'effondra à côté de lui.

*

* *

Vander remarqua avec dégoût le calme apparent qui régnait dans la petite ferme, à l'extérieur de Carradoon. Quelques poules picoraient dans la cour, trois chevaux s'abreuvaient devant l'écurie ; la maison elle-même semblait en parfait état, sans une vitre cassée ou une trace d'effraction sur la porte.

Mais le firbolg savait ce qui se cachait sous cette apparence trompeuse. Les Masques de la Nuit procédaient toujours de la même façon, sans laisser la moindre trace..., comme les lâches qu'ils étaient.

— Nous aurions dû rester dans la forêt, grommela-t-il à voix basse.

Les deux tueurs qui l'entouraient se regardèrent, étonnés.

— Mais c'est vous qui nous avez ordonné de...

Vander leva la main pour l'interrompre. Il se souvenait parfaitement du moment où Fantôme, après s'être transféré dans son corps, avait donné ses instructions à la petite troupe.

— Nous devrions rentrer, proposa un assassin. On pourrait nous voir de la route.

Arrivé sur le pas de la porte, le géant hésita.

— La maison est sûre, affirma un des gardes postés à l'intérieur. Seule la fille aînée est encore en vie, et nous la tenons captive. Dans la chambre à coucher, précisa-t-il avec un rictus libidineux.

Le firbolg pénétra dans la pièce. Du coin de l'œil, il aperçut deux cadavres, un homme et une femme, gisant dans un coin de la cuisine. Leur meurtrier, que cette vue peu ragoûtante ne gênait guère, s'était attablé devant un bon déjeuner.

— Si vous voulez y aller, c'est par là, dit-il en désignant une porte.

Vander sentit la rage monter en lui. Il traversa la cuisine à grandes enjambées et poussa la porte de la chambre, manquant trébucher sur le cadavre d'un enfant.

Une adolescente à moitié dévêtue était attachée sur le lit par les poignets et les chevilles. Les deux assassins qui l'avaient bâillonnée étaient allongés à côté d'elle, s'amusant à la faire gémir de douleur.

Vander dut se baisser pour franchir le seuil. D'un revers de main, il balaya les gardes postés à l'entrée et s'avança vers le lit.

Un des tueurs se méprit sur ses intentions et l'invita à les rejoindre. Le firbolg le saisit par le col et le projeta contre le mur le plus proche. Puis il jeta une couverture sur le corps de la jeune fille et se tourna pour faire face à ses associés.

Le second assassin se releva d'un bond et dégaina son épée. Vander réfléchit. Il n'aurait pas de mal à se débarrasser des hommes qui l'avaient accompagné à la ferme, mais il restait Fantôme...

— Vous deux, ordonna-t-il aux gardes. Cet homme a tiré une arme contre son maître...

Les interpellés comprirent immédiatement. Les Masques de la Nuit étaient vicieux et cruels, mais l'organisation leur imposait un code de conduite auquel tout manquement était sévèrement sanctionné.

Les deux gardes tirèrent leur épée et s'avancèrent vers le tueur, qui écarquilla les yeux d'horreur.

Lorsqu'ils l'eurent réduit à l'état de pulpe sanguinolente, Vander leur ordonna sèchement :

— Mettez-le avec les autres cadavres. Et trouvez une prison convenable pour cette fille.

— Mais c'est un témoin, protesta l'un des gardes. Il faut la tuer.

— Quand je vous le dirai, gronda le firbolg. Obéissez sans poser de questions !

*

* *

Fredegar Harriman, propriétaire de la *Braguette du Dragon*, secoua la tête. Non, il n'avait plus de chambre à louer. Son auberge n'en comportait que huit, et elles étaient déjà toutes occupées, alors qu'il n'y avait personne dans la salle commune. C'était déjà étonnant, mais l'identité des clients l'était plus encore. Cinq des chambres étaient habitées par des marchands ordinaires. Le jeune Cadderly avait réservé la sixième jusqu'à la fin de l'année, et l'Edifiante Bibliothèque avait fait préparer la septième pour un principal qui descendrait bientôt en ville. Quant à la huitième, elle avait été louée le matin même, à un étranger d'apparence aussi curieuse que le jeune homme au crâne à moitié rasé.

— Vous pourriez loger dans la salle commune, proposa Fredegar. Pendant quelques nuits, au moins. Elle est à l'arrière du bâtiment ; vous aurez tout le calme que vous voudrez.

Le jeune inconnu secoua la tête.

— Je vous paierai bien, dit-il en agitant une bourse sous le nez de son interlocuteur.

Fredegar essuya son comptoir en cherchant une solution. Il ne voulait pas renvoyer ce client — non par besoin d'argent, mais il tenait à la réputation de son établissement.

— J'ai bien une chambre de libre, mais elle ne le sera plus très longtemps, lâcha-t-il enfin. Le client qui l'a réservée doit arriver d'un jour à l'autre.

— Mon or vaut bien le sien, dit le jeune homme d'un air arrogant.

— Bien sûr, bien sûr. Mais il vient de l'Edifiante Bibliothèque, vous comprenez, et il n'est pas sage pour un honnête marchand comme moi de se mettre le clergé à dos.

Bogo Rath tendit l'oreille. Ainsi, d'autres prêtres allaient arriver à Carradoon. Voilà qui était intéressant...

— Le principal Avery et Kierkan Rufo seront bientôt ici, poursuivit Fredegar. Je ne les ai pas vus depuis presque un an. Je suppose qu'ils sont venus rencontrer le jeune Cadderly — un autre de mes clients —, pour les préparatifs de guerre.

L'air détaché, Bogo enregistra chaque parole de l'aubergiste. Kierkan Rufo ! C'était presque trop beau pour être vrai. La présence de celui qui avait déjà trahi Cadderly l'aiderait sûrement à mener ses projets à bien.

— Ça y est, je sais ! annonça soudain Fredegar. ( Il se tourna vers la grande salle. ) Malcolm !

Un marchand entre deux âges, richement vêtu, leva les yeux.

— Moitié prix cette nuit si tu partages ta chambre avec mon fils, proposa l'aubergiste.

Malcolm s'excusa auprès de ses compagnons de tablée, se leva et vint s'accouder au bar.

— C'est ma dernière nuit en ville, annonça-t-il. Je rentre à Riatavin demain. Les affaires sont toujours bonnes quand les gens craignent une guerre.

— Alors, c'est oui ? demanda Fredegar, impatient.

Le marchand se tourna vers la salle et désigna une jeune femme qui l'observait avec un intérêt visible.

— C'est que j'espérais ne pas passer cette dernière nuit tout seul, expliqua-t-il en adressant un clin d'œil à son interlocuteur. Après tout, dès demain soir, je serai forcé de dormir avec ma femme.

Fredegar éclata de rire.

— Je peux passer une nuit dans la salle commune si vous me promettez la chambre de cet homme pour demain midi, intervint Bogo.

— Parfait ! s'exclama l'aubergiste. Tenez, pour fêter ça, je vous offre une bière à tous les deux.

Malcolm prit sa chope pleine et retourna s'asseoir avec ses compagnons. Bogo, lui, se percha sur un tabouret et commença à boire en observant les autres clients.

— Je suis content que tu sois de retour, dit Fredegar en voyant un jeune homme franchir la porte de l'auberge.

Le nouveau venu était de taille moyenne et solidement bâti. Il avait des yeux gris, des cheveux châtains, et portait un chapeau bleu à larges bords sur lequel était épinglé un symbole religieux de Dénéir.

*Cadderly !* songea Bogo. Personne ne lui avait dit que le jeune prêtre portait une barbe — apparemment il venait de la laisser pousser. Les autres détails concordaient avec la description de Druzil.

— J'attends le principal Avery et Kierkan Rufo, expliqua Fredegar. Ils arriveront peut-être cette nuit.

Bogo vit Cadderly accuser le coup.

— Savent-ils que je suis là ?

— Oui, pourquoi ? Tu as fait quelque chose de mal ?

Le jeune prêtre sourit d'un air embarrassé et se dirigea vers l'escalier. Il était si distrait qu'il ne remarqua même pas l'étrange inconnu qui, accoudé au bar, le dévorait des yeux.

# CHAPITRE IX

## VISIONS MALÉFIQUES

*Il se tenait dans une pièce éclairée, peut-être la salle d'attente de Belisarius, un cœur encore chaud dans la main. Le minotaure gisait à ses pieds ; Danica et les frères Larmoire le fixaient en riant.*

*Cadderly se joignit à la gaieté générale avant de réaliser que ses amis étaient passés du rire aux sanglots.*

*Il ne comprenait pas.*

*Quelque chose clochait, il le sentait. Tout comme il sentait le sang qui coulait le long de sa manche. Pourtant, son illusion ne comportait pas de composante liquide... Lentement, il baissa les yeux.*

*Le minotaure n'avait pas disparu : il était devenu le principal Avery. Sa cage thoracique défoncée n'abritait plus qu'une cavité vide.*

*Cadderly tenait dans sa main le cœur de son tuteur.*

*Il voulut crier, mais aucun son ne sortit de sa bouche.*

*
* *

Le jeune érudit se réveilla en sursaut, trempé de sueur. Quelqu'un frappait à la porte de sa chambre.

— Cadderly ?

Non, ce n'était pas possible. C'était un cauchemar. Il ferma les yeux.

— Cadderly ? insista la voix.

Quelle heure pouvait-il être ? Le jeune homme leva les yeux vers la fenêtre. Dans le ciel, la lune brillait d'une lueur argentée. Poussant un soupir résigné, il se leva, rajusta sa chemise de nuit et se dirigea vers la porte.

Il entrouvrit le battant et frissonna en découvrant le principal Avery, et Kierkan Rufo qui l'observait par-dessus l'épaule de son supérieur.

— Il est tard, marmonna le jeune érudit.

Il n'arrivait pas à regarder Avery en face. L'image de son rêve s'interposait entre eux ; il sentait encore le sang lui couler le long du bras.

— Je sais, répondit le principal, embarrassé, mais je pensais que tu serais content d'apprendre que Rufo et moi-même venons d'arriver en ville. Nous avons pris une chambre ici, quatre portes plus loin, de l'autre côté du couloir.

Cadderly hocha la tête en silence.

— Qu'y a-t-il, mon garçon ? Tu n'as pas l'air dans ton assiette.

— Rien. Je suis juste un peu fatigué. J'étais en train de dormir.

— Eh bien tu auras tout le temps de t'y remettre plus tard, rétorqua le principal d'un ton qui se voulait léger.

Il fit un pas en avant pour pénétrer dans la chambre, mais Cadderly s'interposa.

— Non, j'ai l'intention de retourner au lit tout de suite.

Avery se figea et plissa les yeux.

— Tu joues un jeu dangereux, jeune prêtre. N'oublie pas que tu dois te faire pardonner ton absence injustifiée de la Bibliothèque. Le doyen Thobicus est prêt à passer l'éponge, mais...

— Je m'en moque.

— Si tu continues à me parler sur ce ton, gronda le principal, tu risques de te faire bannir de notre Ordre. Tes transgressions des préceptes de Dénéir...

— Que savez-vous de Dénéir ? demanda Cadderly.

L'image d'Avery baignant dans son sang s'imposa à son esprit, mais il la repoussa de toutes ses forces. Il aimait cet homme, qui avait toujours été comme un père pour lui.

— De toute façon, pourquoi vous soucier de moi ? Ne m'avez-vous pas déjà traité d'adepte de Gond ?

Il faisait référence à un Ordre de prêtres-inventeurs qui créaient sans tenir compte des implications de leurs découvertes. Avery ne pouvait nier cette accusation, et les larmes lui montèrent aux yeux. Derrière lui, Kierkan Rufo réprima à grand-peine un sourire à la fois amusé et incrédule.

— Je suis désolé, s'excusa Cadderly, penaud. Ce doit être la fatigue. Je fais d'horribles cauchemars en ce moment.

Avery hocha la tête ; le jeune homme comprit que son tuteur lui pardonnait.

— Nous sommes quatre portes plus loin, lui rappela-t-il gentiment. Si tu as envie de parler, viens nous rejoindre.

*

* *

Bogo Rath lança un sort de claire-audition et entrebâilla la porte de la salle commune. Celle-ci se trouvait dans l'aile sud-ouest de l'auberge, au premier étage. La chambre de Cadderly était presque en face ; Avery et Rufo s'en éloignèrent en parlant à voix basse.

— Toujours aussi impertinent, fit remarquer le jeune prêtre sur un ton acide.

— Il avait l'air épuisé, soupira Avery. Le pauvre ! J'espère que l'arrivée de Danica le réconfortera.

Les deux compagnons pénétrèrent dans leur chambre. Bogo allait sortir de la salle pour continuer à espionner la conversation lorsqu'une voix le fit sursauter :

— Qui est Danica ?

Bogo fit volte-face.

— Comment es-tu entré ici ? demanda-t-il d'un ton agressif. Il n'y a qu'une porte et pas de balcon.

— Je suis là depuis le début, répondit Fantôme, désignant une pile de couvertures. J'attendais que tu reviennes de la grande salle.

— Tu n'aurais pas dû te cacher.

Le petit homme éclata de rire.

— Qui est Danica ? répéta-t-il.

— Dame Danica Maupoissant, de Port-Ponant, répondit Bogo. Tu la connais ?

Fantôme secoua la tête.

— C'est la fiancée de Cadderly. Très jolie, mais redoutable au combat. Jusqu'à présent, elle n'a causé que des ennuis à Château-Trinité... Si elle arrive, mieux vaudrait en terminer au plus vite avec Cadderly.

Le petit homme acquiesça.

— D'où viendra-t-elle ? De la Bibliothèque ?

— Je pense. ( Bogo rejeta la tête en arrière et rabattit ses cheveux sur son oreille droite. ) Pourquoi ?

Fantôme lui jeta un regard étrange.

— Pour rien. ( Il se dirigea vers la porte de la salle commune et se tourna vers le magicien. ) Pendant que j'y pense... N'entreprends rien contre Cadderly sans mon accord.

Il se glissa en silence dans le couloir, laissant derrière lui un Bogo Rath furieux et effrayé.

— De la Bibliothèque... Donc des montagnes, souffla-t-il en ouvrant la porte de sa chambre. Parfait. Nous verrons bien si dame Maupoissant arrive jusqu'à Carradoon.

Il s'assit sur son lit et invoqua son *Ghearufu*. Puis, utilisant les pouvoirs de l'objet, il envoya ses pensées à l'extérieur de la ville, vers Vander.

Comme toujours, il perçut la répulsion et la résistance du firbolg. Mais il savait que celui-ci ne pouvait pas lui refuser l'accès : il était sa cible désignée.

*Laisse-moi entrer.*

Une douleur fulgurante le traversa tandis qu'il s'extrayait de son corps et pénétrait dans celui du géant.

*Tu es à l'auberge de la* Braguette du Dragon. *Ne quitte pas ta chambre et ne laisse entrer personne, surtout pas cet imbécile de Bogo Rath !* ordonna-t-il à Vander.

Puis il fit disparaître le *Ghearufu* et regarda autour de lui. Il se trouvait dans une grange, entouré de chevaux et de vaches.

Il se releva, traversa la cour de la ferme et se dirigea vers la porte d'entrée du bâtiment principal.

— C'est moi, dit-il aux gardes invisibles, votre maître. Rassemblez les autres et rendez-vous à la grange. Le temps est venu de remonter nos filets.

Quelques minutes plus tard, les dix-neuf Masques de la Nuit étaient rassemblés autour de leur chef. Il en manquait un, mais Fantôme préféra ne pas poser de question. Vander savait à coup sûr ce qui était arrivé au disparu, et il ne voulait pas jeter le trouble dans l'esprit de ses hommes.

Il dessina une carte grossière dans la poussière.

— Une femme arrive de l'Edifiante Bibliothèque ; elle va passer par les montagnes. Il n'existe que quelques pistes au sud des Monts-Flocons et elles débouchent toutes ici, dit Fantôme en désignant un point de son croquis. Je pense que vous n'aurez guère de mal à la trouver. Il faut la tuer, ainsi que ses éventuels compagnons.

— Et s'ils sont nombreux ? demanda un des assassins.

— Dans ce cas, occupez-vous de la femme et décampez.

— Qui doit y aller ?

— Cinq d'entre vous. Choisissez, mais faites attention. Votre cible est redoutable. Un autre groupe de cinq se postera en ville, aux alentours de la *Braguette du Dragon*. Il attendra mes... les ordres de Fantôme.

— Je suppose que cinq des Masques restants devront servir de relais entre les deux groupes ? reprit l'homme.

— Oui. C'est notre méthode habituelle.

— Dans ce cas, il ne restera plus que quatre personnes pour garder la ferme, fit observer l'homme d'une voix tendue par la colère. Or, si nous devons surveiller la fille...

— La fille ? laissa échapper Fantôme.

Plusieurs de ses hommes lui jetèrent un regard étonné.

— Celle pour laquelle Mishalak est mort, cracha l'assassin.

Fantôme sentit le danger approcher ; il grogna d'un air menaçant.

— Non que je mette en cause votre décision de l'épargner, ajouta vivement son interlocuteur. Et Mishalak méritait la mort pour avoir tiré une arme contre vous. Seulement, si nous ne sommes plus que quatre pour la garder...

Fantôme comprenait parfaitement. Ce n'était pas la première fois que le bon cœur de Vander le plaçait dans une situation délicate. Mais il allait lui donner une bonne leçon.

— Très bien, tu as raison. La fille constitue une menace. Vous allez la tuer, mais avant, je vous invite à profiter d'elle. Il faut bien s'amuser un peu de temps en temps, n'est-ce pas ?

Des vivats montèrent du cercle de Masques de la Nuit.

— Quand vous en aurez terminé, cinq d'entre vous partiront dans les montagnes. Je ne sais pas à quel moment exact cette dame Maupoissant doit arriver, mais il ne faut pas qu'elle atteigne Carradoon vivante.

— Maupoissant ? répéta l'un des tueurs, un homme mûr aux cheveux poivre et sel.

— Ce nom te dit quelque chose ?

— Il y a une dizaine d'années, nous avons tué un artisan qui s'appelait comme ça : un fabricant de chariots, je crois. C'était une mission facile et rudement bien payée.

— Ma foi, le nom est assez inhabituel, et je crois que notre cible est originaire de Port-Ponant. Il pourrait bien y avoir un rapport.

— Tant mieux, dit l'homme en tirant une dague. J'aime bien traiter les affaires en famille.

# CHAPITRE X

## LES PROFESSIONNELS

Ivan repoussa ses couvertures et s'étira.

— Quelle heure est-il ?

— La matinée est bien entamée, répondit Danica, en se reprochant d'avoir pris le dernier tour de garde.

— Tu aurais dû me réveiller ! grogna le nain.

Il se dressa sur les coudes, puis changea d'avis et retomba endormi sur son sac de couchage.

— C'est ce que j'ai fait, grommela la jeune femme, que son interlocuteur n'écoutait déjà plus. Six fois ! Mais il n'y aura pas de septième.

Elle s'était préparée. Saisissant les deux seaux d'eau glacée qu'elle avait été remplir au torrent, elle s'avança vers le tas de couvertures duquel émergeaient les têtes ébouriffées des frères Larmoire.

Le rugissement outragé des nains fit fuir les animaux à plus d'une lieue à la ronde. Un ours qui était sorti se prélasser au soleil d'automne releva la tête et renifla nerveusement.

Ivan et Pikel jaillirent de leurs sacs de couchage et

se mirent à courir en cercle de toute la vitesse de leurs petites jambes.

— Mon arme ! hurla Ivan, regardant frénétiquement autour de lui.

— Oï oï ! renchérit Pikel, incapable de mettre la main sur sa massue.

Ils se rentrèrent dedans et s'effondrèrent en un tas gigotant, chemises de nuit et barbes mêlées.

Ivan se releva le premier et remarqua que Danica, adossée à un arbre, les regardait d'un air narquois.

— C'est toi qui a fait ça ! dit-il en tendant un index accusateur.

— Oui. Figure-toi que j'aimerais être à Carradoon demain, dit la jeune femme sur un ton indigné. Je suis contente que vous ayez proposé de m'accompagner, mais si j'avais su que vous dormiriez tous les jours jusqu'à midi, j'aurais réfréné mon enthousiasme ! Je croyais que les nains étaient durs à la tâche.

— Ooooh, gémit Pikel, honteux.

— Ce n'est pas notre faute, grogna Ivan. C'est le sol. Il est trop dur, trop confortable pour un honnête nain.

— Puisque c'est comme ça, vous allez sauter le petit déjeuner, dit froidement Danica.

— Quand les petites-gens se raseront les pieds ! rugit Ivan.

La jeune femme comprit qu'elle avait outrepassé ses droits. Jeter de l'eau glacée à la figure de nains endormis était une chose, leur refuser de la nourriture en était une autre — très dangereuse.

— Très bien, concéda-t-elle. Mais par pitié, dépêchez-vous.

Seize truites, quatre chopes de bière ( chacun ), un demi-sac de biscuits et trois bols de mûres ( chacun ) plus tard, Ivan et Pikel ramassèrent leurs affaires et s'engagèrent sur la piste à la suite de Danica.

Aux sommets des crêtes, ils voyaient le Lac Impresk scintiller dans le lointain. Bientôt, ils distinguèrent le mur d'enceinte de Carradoon.

Malgré sa hâte, Danica se montrait prudente. Les Monts-Flocons étaient un endroit peu recommandable, même dans leur partie sud, sous contrôle de l'Edifiante Bibliothèque. Et avec la guerre qui se préparait, les pistes risquaient de se révéler plus dangereuses que d'ordinaire.

La jeune femme ouvrait la marche, se penchant pour inspecter chaque trace, chaque brin d'herbe recourbé. Ivan et Pikel cheminaient derrière elle, le premier coiffé de son heaume à andouillers de cerf, le second d'une marmite de cuisine.

Danica ralentit.

— Qu'est-ce que tu as trouvé ? demanda Ivan.

La jeune femme secoua la tête.

— Je ne sais pas trop. Quelqu'un est passé par ici récemment.

— Sûrement Avery et Rufo.

— Non, après eux.

Elle se releva, jetant un coup d'œil soupçonneux aux buissons.

— Alors, qu'est-ce qu'on fait ?

Danica hésita. D'après les marques qui couvraient les empreintes, la personne qui était passée là avait pris beaucoup de soin pour dissimuler ses traces. Peut-être s'agissait-il d'un rôdeur ou d'un éclaireur elfe. Sinon, cela ne pouvait signifier qu'une seule chose : des ennuis en perspective.

Les trois compagnons reprirent leur chemin avec mille précautions. Quelques centaines de pas plus loin, Danica découvrit de nouvelles empreintes, plus nettes que les précédentes. Ivan s'arrêta, posa ses mains sur ses hanches et inspecta les environs. Se posant sur la fourche d'un arbre, ses yeux se mirent à briller.

— Il y a des rochers au bord de la piste, commença-t-il, plein d'enthousiasme.

— Oh oh, grogna Pikel.

— Et alors ? demanda Danica, curieuse.

— Eh bien, on pourrait tendre un piège, expliqua fièrement le nain. Il suffirait de monter un gros caillou sur une branche et de...

Pikel lui flanqua une claque sur la nuque.

— On dirait que vous avez déjà essayé et que ça n'a pas très bien marché, dit Danica en souriant.

Ivan ouvrait la bouche pour répondre lorsque son frère lui abattit sa massue sur le nez, le forçant à reculer d'un pas.

— Qu'est-ce qui te prend ? rugit Ivan en portant la main à son appendice protubérant et ensanglanté.

Il saisit sa hache et bondit vers Pikel qui, faute de pouvoir s'expliquer, se mit à couiner, sa massue tendue devant lui.

Ivan baissa les yeux. Un carreau d'arbalète était profondément enfoncé dans le bois. Ses instincts de guerrier lui firent immédiatement repérer le buisson d'où le projectile avait été expédié.

Une arme était pointée sur son frère. Il tendit le doigt pour l'avertir.

— Oh oh, gémit Pikel, sachant qu'il n'avait plus le temps de s'écarter.

Mais Ivan l'atteignit avant le carreau et le plaqua au sol. Puis il se laissa rouler, l'entraînant. Le nain comprit ce que son frère cherchait à faire. Tel un rocher dévalant la pente, ils foncèrent vers le buisson, dans lequel ils renversèrent deux hommes embusqués.

Une silhouette noire s'était laissée tomber derrière Danica, l'épée à la main. L'inconnu leva son arme et se dirigea sur la pointe des pieds vers sa victime, absorbée par le sort de ses deux compagnons...

C'était du moins ce que croyait le tueur — mal lui

en prit. Il était à portée de poignard quand Danica se pencha et lui envoya son pied dans la poitrine.

Le Masque de la Nuit tituba en arrière et heurta le tronc d'un arbre, sans lâcher son arme pour autant. Danica se précipita vers lui, mais dut se laisser tomber à genoux pour éviter une deuxième silhouette jaillissant derrière un arbre. L'homme lui porta un coup de bâton à hauteur d'épaule ; l'arme cogna contre l'écorce, projetant une volée d'échardes.

Prenant appui sur un pied, la jeune fille envoya l'autre vers le genou de son second adversaire. Mais celui-ci parvint à baisser son bâton pour parer l'attaque.

Danica comprit qu'elle était en mauvaise posture. Elle n'avait pas affaire à des bandits de grand chemin, même si leurs vêtements ne laissaient rien deviner de leur identité réelle.

Elle roula sur elle-même pour se mettre hors de portée, mais un coup de bâton l'atteignit à la hanche. Elle s'accroupit à quelques pas de ses agresseurs, détaillant chacun de leurs gestes, cherchant une ouverture.

*

* *

Ivan mordit tout ce qui lui tombait sous la dent, jusqu'à ce qu'il entende un « Oooooh » de douleur et réalise qu'il tenait le mollet de Pikel dans sa bouche.

Il joua des poings et des pieds pour se relever, et réussit à placer trois coups sur le nez d'un homme qui portait déjà de féroces marques de dents.

Pikel se releva et abattit sa hache vers l'adversaire le plus proche. Mais une branche l'empêcha d'atteindre son objectif.

Il poussa un glapissement terrifié et s'écarta à temps

pour éviter un second carreau d'arbalète. Celui-ci siffla et alla se planter dans l'épaule de l'adversaire d'Ivan.

Les deux nains se retournèrent — quelques pas plus loin, l'arbalétrier tentait de recharger. Pikel bondit sur son premier agresseur, et Ivan décida d'achever son ennemi. Mais celui-ci avait disparu... A en croire les feuilles qui remuaient encore, il devait être tombé raide mort dans les broussailles. Le nain à la barbe blonde poussa un cri de victoire et fonça vers l'arbalétrier.

*

* *

Le tueur à l'épée était blessé, mais Danica comprit que l'homme au bâton était le plus dangereux des deux. Ses cheveux poivre et sel trahissaient son âge et son expérience. Il avait probablement passé sa vie à s'entraîner... Son arme avait beau paraître ridicule en comparaison de la lame de son compagnon, la jeune fille ne se laissa pas abuser.

Un coup d'épée l'obligea à se baisser ; le bâton l'atteignit à l'épaule et elle plongea en avant, effectua un roulé-boulé, et se releva juste à temps pour éviter une contre-attaque.

Pendant son passage au sol, elle avait discrètement saisi une des dagues qu'elle cachait dans sa botte. Son assurance retrouvée, l'homme à l'épée s'avança vers elle.

Danica planta son pied droit dans le sol et pivota, lançant sa jambe gauche haut et fort derrière elle. Puis, pour ne pas se rendre vulnérable à une attaque de son second adversaire, elle se laissa tomber à terre.

Amortissant sa chute d'un bras, elle lança sa dague. L'arme se planta dans l'estomac de l'homme à l'épée qui tomba en arrière, les yeux roulant dans leurs orbites.

L'homme aux cheveux poivre et sel éclata de rire et félicita la jeune fille pour son habile manœuvre — ce qui ne l'empêcha pas de continuer à avancer.

*

* *

L'adversaire de Pikel brandit une massue... puis réfléchit. Celle du nain était bien plus imposante que la sienne ; de plus, il n'était pas assez fort pour blesser un adversaire aussi coriace avec une arme contondante. Aussi rapide que l'éclair, il abattit sa massue sur la marmite qui tenait lieu de casque au nain.

A moitié assommé, Pikel atteignit son ennemi au flanc et l'envoya heurter le tronc d'un jeune arbre. L'homme se releva, étourdi, puis écarquilla ses yeux en voyant le nain lui foncer dessus, sa massue tenue à l'horizontale comme un bélier.

Il réussit à se glisser de côté. Pikel percuta l'arbre de plein fouet, le déracina et glissa tête la première le long du tronc.

*

* *

Ivan réalisa qu'il n'atteindrait pas l'arbalétrier avant que celui-ci ait rechargé. Il brandit sa hache à deux mains au-dessus de sa tête, la lança, et rugit :

— Tu vas crever, chien de bandit !

L'homme recula, levant son arme devant lui pour se protéger. La lame de la hache s'enfonça dedans, la lui arrachant des mains. Les deux armes poursuivirent leur vol jusqu'à un arbre. L'arbalète explosa, tandis que la hache d'Ivan se plantait fermement dans l'écorce.

Le Masque de la Nuit se releva et tira une mince épée. Il n'avait pas l'air désemparé par l'extraordinaire lancer du nain. Après tout, celui-ci se retrouvait désarmé...

— J'ai peut-être fait une erreur, grommela Ivan.

*
* *

Pikel lança un regard désolé à l'arbre qu'il avait abattu, un moment d'inattention qui lui valut de recevoir un second coup de massue sur sa marmite.

Le nain sentit une rage folle s'emparer de lui. Il avait la réputation d'être calme..., quelqu'un qui ne s'emportait que dans des cas extrêmes.

Mais il venait de tuer un arbre !

— Oooooh, gémit-il, les lèvres tremblantes. Ooooh !

Il fit volte-face. Voyant la fureur qui se lisait sur son visage, son adversaire ne put s'empêcher de reculer.

Pikel chargea, trébuchant au passage sur l'arbre mort. Le Masque de la Nuit se tourna pour fuir, mais le nain plongea et le saisit par les chevilles. L'assassin abattit sa massue à plusieurs reprises sur les doigts de Pikel, mais celui-ci était trop en colère pour éprouver la moindre douleur.

Le nain tira son adversaire jusqu'à lui et le souleva dans les airs. Puis il se releva et regarda autour de lui comme pour chercher ce qu'il allait en faire.

L'homme frappa une nouvelle fois sur la marmite de Pikel, qui décida que c'en était assez. Très posément, il empala son adversaire sur la mince souche de l'arbre mort.

*
* *

Ivan se débattait avec les sangles de son sac à dos lorsque le Masque de la Nuit fonça sur lui. Le nain bloqua un coup d'épée avec son paquetage, puis glissa la main à l'intérieur et en sortit un petit objet soigneusement enveloppé.

Le tueur dégagea sa lame et recula, jetant un regard intrigué à Ivan. Le linge contenait un cadeau pour Cadderly, sur lequel le nain travaillait depuis que son ami avait glorieusement vaincu Barjin.

Le bord d'adamantine noir des disques tournoyants contrastait avec leur centre de cristal semi-précieux. Le tueur fronça les sourcils. A quoi pouvaient servir ces deux disques, reliés par un bâton auquel était attachée une ficelle ?

Ivan glissa un doigt boudiné dans la boucle de la corde. Il avait vu Cadderly se servir de ce truc des milliers de fois, et il était toujours émerveillé par la façon dont le jeune prêtre lançait les disques et les ramenait d'un simple mouvement du poignet.

L'assassin chargea ; Ivan projeta l'arme dans sa direction. L'homme leva son épée pour parer, puis écarquilla les yeux en voyant l'adamantine tailler une profonde encoche dans sa lame.

Mais Ivan n'avait pas le temps de se réjouir de ses talents. Comment allait-il récupérer les disques ? Les deux morceaux d'adamantine pendaient lamentablement au bout de leur ficelle...

— Ooooooh !

Le tueur se tourna sur le côté et vit Pikel foncer dans sa direction. Il s'écarta de la trajectoire du nain, mais Ivan en profita pour dégager ses doigts et lui projeter à la figure l'ensemble des disques tournoyants, bâton et ficelle compris.

Le cou de l'homme se brisa avec un craquement sinistre, tandis que ses dents sautaient et que son nez explosait.

— Ooooh ! s'émerveilla Pikel, jetant un regard admiratif à son frère.

*
* *

Coup de pied, balayage, coup de poing, esquive.

Danica et l'assassin au bâton se déplaçaient en harmonie, attaquant et parant à une vitesse incroyable. Pendant plusieurs minutes, aucun ne réussit à toucher l'autre. Et malgré l'énergie dépensée, malgré la poussée d'adrénaline, aucun ne ressentit de la fatigue.

— Vous êtes très douée, dame..., fit remarquer le Masque de la Nuit, s'interrompant au dernier moment. Comme je m'y attendais.

Danica fronça les sourcils. L'homme essayait-il de la déconcentrer, ou connaissait-il vraiment son nom ? Et si oui, comment avait-il pu l'apprendre ? L'embuscade n'était pas destinée à n'importe quels voyageurs, mais à elle et aux frères Larmoire. Cadderly était-il en sécurité ? Et Avery et Rufo, qui étaient passés par là quelques jours plus tôt ?

La voyant distraite, le tueur en profita pour lancer une série d'attaques vicieuses.

Danica se laissa tomber au sol et lança un pied en avant. Elle atteignit le genou de son adversaire, le forçant à ralentir, puis se releva juste sous son nez. Ses efforts furent récompensés par un coup de bâton, mais elle en profita pour flanquer un coup de poing rageur dans la poitrine de l'homme. Pendant que celui-ci reprenait sa respiration, elle posa une main sous son menton et l'autre sur sa nuque pour l'attraper par les cheveux.

Le tueur lâcha son arme et referma les mains autour des poignets de la jeune femme. Ils luttèrent pendant quelques instants, mais Danica n'était pas assez forte pour conclure sa manœuvre.

L'homme se rendit compte qu'il avait l'avantage et sourit.

Sans le lâcher, Danica bondit par-dessus son épaule, laissant son poids accomplir ce que ses muscles étaient impuissants à faire. Les deux adversaires se tordirent, la jeune fille pliant les genoux pour mieux assurer sa prise. Le tueur se laissa tomber à terre, mais Danica lui passa son avant-bras sous le menton.

Il ouvrit la bouche pour tenter de respirer et griffa la jeune femme avec l'énergie du désespoir. Puis il lança une main en arrière, essayant d'enfoncer ses doigts dans les yeux de la tigresse...

Danica sentit une pierre sous sa hanche et se dégagea. Puis, agrippant les cheveux de l'assassin à pleines mains, elle lui cogna la tête sur le roc.

— Pas la peine de t'acharner, il est mort, dit Ivan en lui saisissant le bras.

La jeune femme releva la tête, hagarde : elle avait frappé si fort que le crâne de son adversaire avait explosé.

— Celui-là ne se montrera guère plus bavard, fit remarquer le nain. ( Il désigna d'un signe de tête l'assassin qui gisait, agonisant, une dague dans l'estomac. ) A moins que nous ne le soignions très rapidement.

L'homme parut entendre et ouvrit la bouche pour supplier.

— Oui, approuva Danica. Je crois que le vieux connaissait mon nom. Il s'agit peut-être d'une conspiration ; nous devons tâcher d'en apprendre davantage.

Ivan hocha la tête et se dirigea vers le mourant, qui lui lança un regard voilé mais plein de gratitude.

Un sifflement se fit entendre dans un buisson tout proche. Le blessé eut un dernier soubresaut et mourut, un carreau d'arbalète planté dans la poitrine.

*

* *

Le Masque de la Nuit survivant, blessé à l'épaule, se fraya tant bien que mal un chemin dans les fourrés. La douleur le faisait délirer mais une pensée subsistait : ils avaient échoué. Au moins avait-il pu empêcher son camarade de révéler qu'ils étaient en mission, ce qui était la règle numéro un de la guilde.

L'homme ne savait pas où aller. Vander le tuerait en apprenant que dame Maupoissant était toujours en vie. Peut-être aurait-il dû utiliser son dernier carreau pour se débarrasser de la femme, non pour tuer le traître potentiel. Mais les nains auraient survécu et risqué d'apprendre la vérité...

Il ne put s'empêcher de regretter sa décision en entendant des bruits de course derrière lui. Malgré sa faiblesse, il n'aurait eu aucun mal à distancer les nains aux courtes jambes. Jetant un coup d'œil par-dessus son épaule, il vit ce qu'il redoutait le plus : la jeune guerrière, volant par-dessus les buissons, gagnant du terrain à chaque foulée.

Les fourrés cédèrent la place à un sol rocailleux ; le tueur sourit en se souvenant de la configuration du terrain. Il resterait un Masque de la Nuit, loyal et fier jusqu'à la fin. Son devoir avait toujours été sa seule raison de vivre.

La jeune femme n'était qu'à quelques pas derrière lui.

Il ne ralentit pas en arrivant au bord de la falaise. Le hurlement qu'il poussa en tombant n'était pas un cri de terreur, mais de victoire.

# CHAPITRE XI

## CE QUE DISENT LES OMBRES

Les ombres du crépuscule s'étiraient sur les murs et le sol de la grange. Vander s'appuya contre la porte, heureux d'avoir récupéré son corps, mais furieux d'apprendre ce qui s'était passé durant les quelques heures de son absence.

La fille du fermier était morte, et elle avait connu une fin très déplaisante.

Des souvenirs des jours où il s'était enfui pour rentrer chez lui, dans l'Epine Dorsale du Monde, revinrent à la mémoire du firbolg. La défaite était complète. Pour sa sensibilité de guerrier, c'était l'humiliation suprême. Il pouvait accepter d'être vaincu en combat loyal, de s'agenouiller devant un roi équitable. Mais Fantôme avait dépassé les bornes. Il lui avait pris son courage, son honneur, son identité même...

— Sont-ils revenus ? aboya Vander au tueur qui se dirigeait vers lui.

— Le voyage jusqu'aux montagnes a dû leur prendre toute la nuit. Je pense qu'ils n'ont pas encore rencontré dame Maupoissant, répondit l'homme vêtu de noir et d'argent.

Le firbolg se détourna.

— Nous avons mis en place les agents de liaison ; le groupe de Carradoon est en poste près de l'auberge, poursuivit l'assassin.

Vander le dévisagea. Il savait ce que l'humain pensait : il espérait que les bonnes nouvelles dont il était porteur lui épargneraient une des imprévisibles colères de son chef.

Imprévisibles ! Le firbolg faillit éclater de rire tant la situation était ironique. D'un geste de la main, il congédia le Masque de la Nuit, qui s'empressa de s'exécuter.

Resté seul, Vander s'assit dans les ombres du soleil couchant. Le piège se resserrait autour de la dernière victime. Avec un peu de chance, leur mission serait bientôt terminée.

Le firbolg fronça les sourcils. Leur mission serait bientôt finie, mais on leur en assignerait aussitôt une autre. Un cercle vicieux qui n'aurait jamais de fin, à moins que Fantôme ne décide qu'il n'avait plus besoin de lui.

Le soleil disparut à l'horizon, plongeant Vander dans l'obscurité.

*
* *

— Tu as dit que tu voulais nous aider, répliqua Fantôme au magicien surpris. Je ne me suis pas trompé ?

Les pupilles vertes de Bogo rétrécirent tandis qu'il regardait l'assassin. Il venait de porter ses affaires dans la chambre libérée par Malcolm le marchand. Le mystérieux petit homme l'attendait, assis sur son lit.

Fantôme comprenait les soupçons du magicien. Bogo ne lui faisait pas confiance ( ce en quoi il avait parfaitement raison ), et il nourrissait ses propres projets. Il souhaitait la mort de Cadderly, mais il préférait en être la cause plutôt que de laisser les assassins tirer la couverture à eux. Fantôme comprenait cette façon de penser, et il en appréhendait les dangers.

— Tu veux que je serve de sentinelle ? répéta Bogo, incrédule.

Fantôme réfléchit quelques instants, puis hocha la tête. Oui, c'était la meilleure définition.

— Juste pour cette expédition, expliqua-t-il de sa voix monocorde. Le temps est venu d'en apprendre davantage sur la chambre de Cadderly et les protections dont il dispose. Je peux m'en charger seul, mais je n'aimerais pas voir les prêtres de l'Edifiante Bibliothèque revenir à l'auberge pendant que je travaille.

Bogo le dévisagea.

— Tu es un être énigmatique, dit-il enfin. Tu approches Cadderly sans mal, et pourtant tu ne l'as pas encore tué. Est-ce la simple prudence ou un plaisir macabre qui te pousse à agir ainsi ?

Fantôme sourit. Le jeune magicien était perspicace.

— Un peu des deux, reconnut-il. Vois-tu, je suis un artiste, pas un boucher. Et j'aime jouer selon mes règles.

— Il est encore un peu tôt pour aller dans la grande salle. Le soleil vient juste de se coucher. La plupart des clients sont encore à table... Et je ne me suis toujours pas installé, ajouta Bogo, mécontent.

— Ce n'est pas très important, répliqua Fantôme. Va prendre ton dîner dans la grande salle. Beaucoup de voyageurs en font autant, personne ne fera attention à toi.

— Mais les prêtres sont partis au temple d'Ilmater, protesta Bogo. Ils ne seront pas de retour avant une bonne heure.

— Je ne veux prendre aucun risque. Souviens-toi : je suis un artiste. Un perfectionniste.

Bogo hocha la tête. Fantôme lui avait promis qu'il ne tuerait pas Cadderly tout de suite, et le jeune magicien le croyait. Si le tueur avait voulu agir, il l'aurait fait au cours des jours précédents.

Ils quittèrent ensemble la chambre.

— Une dernière chose, ajouta Fantôme. Va dire au jeune Brennan, le fils de l'aubergiste, que Cadderly veut dîner. ( Bogo lui lança un regard intrigué. ) Ça me permettra de faire ouvrir sa porte, mentit l'assassin.

Retournant à sa chambre, il invoqua le *Ghearufu*.

Quelques minutes plus tard, Brennan monta les marches de son pas bondissant, un plateau dans une main et un long paquet dans l'autre. Fantôme admira sa vitalité et se réjouit à l'idée de ce qui allait suivre.

— Mon garçon ! appela-t-il.

Brennan se tourna vers le petit homme. Une main gantée de blanc lui fit signe d'approcher.

— Oui, monsieur. Je porte ce plateau et j'arrive.

Fantôme leva son autre main.

— Je n'en ai que pour quelques instants, dit-il avec un sourire étrange.

Une seconde plus tard, Brennan se retrouva face à sa propre image. Au début, il crut que l'étrange client avait fait apparaître un miroir entre eux. Puis il réalisa que son reflet se déplaçait indépendamment de lui, et qu'il portait des gants dépareillés.

— Qu'est-ce que... ? bégaya-t-il, paniqué.

Fantôme le poussa dans sa chambre, y pénétra et referma la porte derrière lui. Puis il posa le plateau et le long paquet ( probablement un bâton ou une baguette ) sur la table de nuit.

— C'est un jeu, dit-il avec douceur pour ne pas que sa victime se mette à hurler. Comment trouves-tu ton nouveau corps ?

— Il est si... faible, balbutia l'adolescent.

— Mais c'est tout l'intérêt du jeu, rétorqua Fantôme, moqueur.

Le visage de Brennan se plissa de confusion. Profitant de la vigueur de son enveloppe d'emprunt, Fantôme lui flanqua son poing entre les deux yeux.

Il étudia le corps pitoyable qui gisait à terre. La prudence lui recommandait de l'étrangler, comme il l'avait fait avec le mendiant sur la route, puis de déposer un gant sur le cadavre pour l'empêcher de se régénérer.

Mais Fantôme se sentait mieux dans ce corps qu'il ne l'avait été depuis des dizaines d'années. Toute cette passion, toute cette énergie, ces pulsions... Un instant, il songea à ôter l'anneau magique de l'enveloppe charnelle du petit homme, puis à tuer Brennan et à l'abandonner là. Il profiterait du corps de l'adolescent jusqu'à ce qu'il l'ait consumé.

Non... Il ne devait pas céder à cette impulsion, pas tout de suite, en tout cas. Il se contenta de ligoter sa victime, de la bâillonner et de la dissimuler sous le lit.

L'anneau de régénération avait déjà commencé son travail ; les paupières de Brennan se mirent à papilloter. Fantôme le frappa deux fois et se pencha pour lui chuchoter à l'oreille :

— Tiens-toi tranquille ou tu seras puni.

Brennan grogna.

— Aimerais-tu découvrir quels châtiments j'ai en réserve pour toi ? demanda Fantôme en lui mettant un doigt dans l'œil.

Terrifié, l'adolescent se figea.

— C'est mieux, approuva son bourreau. Et maintenant, voyons ce que tu as apporté.

Il défit le linge qui entourait le paquet et découvrit une canne de marche parfaitement équilibrée, au pommeau sculpté en forme de tête de bélier. Il l'avait déjà vue une fois, lorsque le jeune érudit s'était rendu dans la tour du magicien. Cadderly ne l'avait plus sur le chemin du retour.

— Comme ça tombe bien ! Tu vas pouvoir goûter immédiatement aux châtiments promis ! ronronna Fantôme en frappant contre sa paume ouverte le bout ferré de l'arme.

Le visage tordu par la rage, il abattit la canne sur l'épaule de Brennan. Il sourit en sentant l'énergie magique qui courait le long du bois, et plus encore en entendant les os de sa victime céder sous le coup. Il n'avait jamais beaucoup aimé les armes, mais celle-ci valait peut-être la peine qu'il la garde.

Il n'était pas prudent de mettre un objet aussi puissant dans les mains de Cadderly. Mais si le jeune érudit attendait sa canne, il poserait certainement des questions à Fredegar ou au magicien pour savoir où elle était passée — ce qui l'exposerait à des questions embarrassantes.

Fantôme quitta la chambre quelques minutes plus tard, portant le plateau et le paquet de Cadderly. Il laissait sous son lit un Brennan en si piteux état qu'il serait mort sans l'anneau de régénération caché dans sa botte.

*

* *

Une fois de plus Cadderly était plongé dans l'étude du *Grimoire de l'Harmonie Universelle*. Lorsque ses mains ne tournaient pas les pages, elles décrivaient en l'air de gracieuses arabesques, semblables à celles qu'utilisait Danica pour ses techniques de méditation. Le jeune prêtre sentait la force courir le long de ses membres.

— C'est l'heure du dîner ! dit la voix de Brennan derrière lui.

L'adolescent avait parlé fort ; Cadderly comprit qu'il n'en était pas à sa première tentative pour l'arracher à sa lecture. Embarrassé, le jeune homme ferma son ouvrage et se tourna vers son ami.

Brennan ouvrit de grands yeux étonnés.

— Oh, pardon ! dit Cadderly, cherchant sa chemise du regard.

Il était nu jusqu'à la taille, ses épaules et son torse musclé dégoulinant de sueur.

Le fils de l'aubergiste se reprit et lui lança une serviette.

— Ça va te faire du bien de manger. Je ne savais pas qu'on pouvait se fatiguer autant en lisant.

Cadderly sourit, un peu étonné par la remarque. Ce n'était pas la première fois que Brennan le voyait dans cet état.

— Qu'est-ce que tu as là ? demanda-t-il en désignant le long paquet posé sur la table.

Fantôme le lui tendit en hésitant.

— C'est arrivé cet après-midi. Je suppose que ça vient du magicien.

Le jeune érudit défit le linge et en sortit sa canne de marche.

— Oh oui ! Belisarius. J'avais presque oublié. ( Il testa l'équilibre de la canne, puis la jeta sur son lit. ) Je me demande quels enchantements mon vieil ami a bien pu lancer dessus !

Fantôme haussa les épaules, tentant de réprimer sa rage. Ainsi, il aurait pu garder l'arme !

Cadderly lui fit un clin d'œil.

— De toute façon, ça m'étonnerait que je m'en serve un jour.

— On ne sait jamais, répliqua Fantôme en posant le plateau devant lui.

Il commença à arranger les couverts.

Le jeune prêtre fronça les sourcils. Il n'était pas dans

le caractère de son ami de faire des remarques aussi sinistres.

L'adolescent tenait un couteau à la main, à quelques pouces seulement de la poitrine de Cadderly. Sans savoir pourquoi, ce dernier en ressentit une vive inquiétude. Des signaux d'alarme retentirent dans sa tête, mais il les repoussa en les mettant sur le compte de son imagination.

Le chant résonnait au fond de son esprit. Il voulut le faire taire, en vain. Des ombres se formèrent sur les épaules de Brennan.

*Aurore.*

Pour une raison inconnue, Cadderly eut soudain l'impression que son ami voulait le frapper.

Non. L'adolescent posa le couteau à sa place, à côté de l'assiette. Pourtant, ses mouvements étaient raides, malhabiles, comme s'il essayait de dissimuler quelque chose.

Cadderly ne dit rien et, ignorant le jeune garçon, examina les ombres qui dansaient sur son épaule. Elles grouillaient, tendant vers lui des mains pareilles à des serres. Il ne savait pas comment les interpréter — elles ressemblaient à celles qu'il avait aperçues sur les épaules de Sans-Nom en revenant de la tour de Belisarius. Elles étaient... maléfiques ; elles traduisaient de viles pensées.

— Va-t'en, dit-il à son ami.

Fantôme leva les yeux vers lui, surpris. Même cette expression paraissait artificielle.

— Quelque chose ne va pas ? demanda-t-il d'un air innocent.

— Va-t'en, répéta Cadderly.

Il mit dans son ordre la force d'un enchantement mineur.

L'adolescent ne fit pas un geste. Sur ses épaules, les

ombres se dissipèrent, et le jeune érudit se demanda s'il ne les avait pas interprétées de travers.

Brennan s'inclina — encore un geste inattendu de sa part — et se glissa par l'entrebâillement de la porte.

Dès qu'il fut parti, Cadderly se tourna vers le *Grimoire de l'Harmonie Universelle*. Celui-ci était peut-être un ouvrage maléfique, qui déguisait la vérité. Combien de prêtres avait-on déjà trouvé morts à côté de lui ?

Le jeune érudit prit quelques inspirations laborieuses. Même s'il ne s'en rendait pas compte, il était à un tournant de sa vie.

*Non*, décida-t-il enfin. Il devait croire au livre saint de Dénéir. Il en avait désespérément besoin.

*
* *

Bogo était assis dans la grande salle depuis plus d'une heure ; Fantôme avait dû terminer sa petite expédition. Mais le magicien décida de rester là pour tenter de glaner quelques informations supplémentaires.

Autour de lui, les conversations allaient bon train, tournant sur les rumeurs de guerre. A son grand soulagement, Bogo se rendit compte qu'aucun citoyen n'avait vraiment idée du danger qui planait sur Carradoon. Lorsque Aballister déciderait d'attaquer la ville, l'armée de Château-Trinité n'aurait guère de mal à la mettre à genoux.

Tard dans la soirée, la porte de l'auberge s'ouvrit, et Kierkan Rufo entra. Bogo sourit en voyant qu'il était seul. Le prêtre aux traits anguleux se dirigea vers l'escalier ; le jeune magicien l'arrêta.

— Venez-vous de l'Edifiante Bibliothèque ? demanda-t-il avec politesse.

Rufo le regarda sans ciller.

— Je pourrais peut-être vous offrir une chope de bière, ou un verre de vin fin ? proposa Bogo.

— Et pourquoi feriez-vous ça ? demanda son interlocuteur, méfiant.

— Je ne suis pas de la région, répliqua le mage. ( Il avait répété la scène une bonne douzaine de fois dans sa tête. ) Toute la soirée, j'ai entendu des rumeurs à propos d'une guerre imminente. Et chacun affirme que la Bibliothèque est le seul espoir de la ville.

Rufo ne répondit pas, mais Bogo le vit se redresser avec fierté.

— J'ai moi-même quelques petits talents, continua le magicien. Peut-être pourrais-je vous aider ; en tout cas, j'essaierai. Venez prendre un verre avec moi, et dites-moi où je pourrais être utile.

Rufo jeta un coup d'œil vers la porte, comme s'il redoutait de voir le principal Avery arriver. Puis il hocha la tête et suivit Bogo jusqu'à une des tables de la grande salle.

Sirotant du vin, ils échangèrent des banalités pendant quelques minutes. Bogo perdit rapidement tout espoir de réussir à soûler Rufo ; le prêtre restait constamment sur ses gardes. Chaque fois que le jeune Brennan s'approchait de la table pour remplir son verre, il posait une main dessus.

Bogo remarqua que le fils de l'aubergiste le regardait avec attention, mais il attribua cela à la curiosité naturelle de l'adolescent.

Le magicien ne perdit pas de temps et amena très vite la conversation sur le sujet qui l'intéressait. Rufo s'en aperçut et devint de plus en plus soupçonneux.

— Qu'êtes-vous venu faire en ville ? demanda Bogo.

Le prêtre regarda son interlocuteur sans répondre.

— Je dois y aller, annonça-t-il en se levant.

— Assieds-toi, Kierkan Rufo, aboya le magicien.

Rufo ne se souvenait pas d'avoir confié son nom à l'inconnu. Il comprit ce que cela signifiait, et un gémissement s'échappa de ses lèvres tandis qu'il se laissait retomber sur sa chaise. Il savait ce qui allait suivre.

— Comment avez-vous appris mon nom ? demanda-t-il avec tout le courage qu'il put rassembler.

— Par Druzil, répondit Bogo.

Rufo gémit.

— Maintenant, tu vas m'obéir et répondre à mes questions.

— Jamais ! s'exclama le prêtre avec un aplomb qui le surprit lui-même.

— Ah ! Dorigène sera très mécontente de l'apprendre. Le démon aussi, d'ailleurs. Il se cache dans ta chambre depuis la veille de ton arrivée, mentit le magicien. Croyais-tu vraiment pouvoir t'échapper aussi facilement ? Pensais-tu que la bataille était gagnée, juste parce que nous avions subi une défaite mineure dans la forêt de Shilmista ?

Rufo ne trouva rien à dire.

— Là, c'est mieux, dit Bogo en rabattant ses cheveux bruns sur son oreille. Je vois que nous nous comprenons.

— Qu'est-ce que vous voulez, cette fois ? demanda le prêtre d'une voix beaucoup trop forte au goût de Bogo ( d'autant que Brennan s'était rapproché, les regardant d'un air intrigué ).

Mais le magicien ne se laissa pas impressionner. Son interlocuteur était un faible, sans quoi il aurait déjà quitté la salle ou se serait jeté sur lui.

— Rien pour le moment.

Bogo ne voulait pas prendre d'initiatives avant de

savoir ce que mijotaient Fantôme et les autres Masques de la Nuit.

— Je vais rester dans les parages ; tu te tiendras à ma disposition. J'ai des projets dans lesquels tu auras un rôle à jouer.

Il leva son verre comme pour porter un toast, le vida d'un trait, puis se leva et se dirigea vers l'escalier, laissant derrière lui un Rufo en proie aux affres de l'indécision.

— Méfie-toi, jeune mage, dit Brennan comme il passait devant lui.

Bogo se retourna et lui lança un regard venimeux.

— C'est à moi que tu parles ?

— Oui. Ceci est un avertissement, le premier et le dernier que tu recevras. Tu es ici en tant qu'observateur, selon les consignes d'Aballister. Si tu modifies le déroulement des événements, tu risques de te retrouver au fond d'un trou en compagnie de Cadderly.

Les yeux de Bogo s'agrandirent, ce qui amena un sourire sur les lèvres d'emprunt de Fantôme.

— Qui êtes-vous ? demanda le magicien. Comment... ?

— Nous sommes très nombreux, répondit son interlocuteur. On t'a bien dit que nous travaillions proprement, Bogo Rath. Et que nous ne prenions aucun risque.

Il tourna le dos au jeune homme et se remit au travail.

Bogo comprit pourquoi en voyant Kierkan Rufo et le principal Avery, rentré à l'auberge, se diriger ensemble vers l'escalier.

Il leur emboîta le pas à distance. Brusquement, il n'était pas certain d'avoir d'autres instructions à donner à Rufo. En fait, il n'était plus certain de rien.

# CHAPITRE XII

## MORTALITÉ

L'aube trouva Cadderly en train de méditer, le *Grimoire de l'Harmonie Universelle* ouvert sur la table, devant lui. Son front et sa poitrine étaient en sueur ; ses perceptions étrangement aiguisées.

Voyant le soleil se lever, le jeune érudit jeta un coup d'œil hésitant à son lit. Il était fatigué, mais il avait déjà passé trop de temps enfermé au cours des dernières semaines. Le jour promettait d'être beau. Déjà, le Lac Impresk scintillait de mille feux.

Cadderly ferma son livre ; le chant ne se tut pas pour autant. Il décida que le moment était venu d'aller tester les connaissances acquises en cours de lecture, de voir comment il pouvait les mettre en pratique dans sa vie quotidienne.

Il avait peur. Pourrait-il contrôler ses réactions devant les ombres qu'il verrait sur les épaules des passants ? Serait-il capable d'en comprendre la signification ? Il songea aux événements de la veille, et à la façon dont il avait renvoyé Brennan.

Secouant la tête, il alla se laver et s'habiller. Il n'avait pas le choix. Il n'avait aucune envie de passer le reste de son existence comme un ermite. Un instant, il songea à Belisarius, reclus dans sa tour. Lorsque le vieux mage mourrait, on ne retrouverait pas son corps avant des semaines...

Le jeune homme refusait de partager cette triste destinée.

*

* *

Fantôme était en train de remplacer les bougies d'un chandelier lorsqu'il vit Cadderly descendre informer Fredegar qu'il ne reviendrait pas avant le soir, puis sortir. Parfait. Les Masques de la Nuit étaient prêts, il allait les avertir. Peut-être le jeune prêtre aurait-il une bien mauvaise surprise en revenant dans sa chambre.

Fantôme était un tueur patient, un artiste ; il aurait préféré attendre quelques jours avant de passer à l'attaque. Il aurait voulu apprendre à connaître le curieux érudit et son entourage, s'assurer qu'il ne commettrait aucune erreur. L'arrivée des deux prêtres de la Bibliothèque confortait cette opinion : le principal était peut-être capable de ressusciter les morts.

Bogo Rath allait être une autre source de problèmes. Le tueur ne savait pas ce que tramait le jeune mage, mais il avait discuté avec le second prêtre, et cela ne laissait rien présager de bon.

Fantôme n'aimait pas les choses qu'il ne maîtrisait pas. Cette affaire se compliquait de jour en jour, et une nouvelle ombre s'était ajoutée au tableau quand il s'était emparé du corps du jeune Brennan..., un corps qu'il aurait aimé conserver...

Pourtant, il ne pourrait pas jouer la comédie beaucoup plus longtemps. Sa rencontre avec Cadderly s'était assez mal terminée, et il ne doutait pas que les soupçons du jeune prêtre ne feraient que croître au fil des jours. De plus, dans son nouveau corps, ses actions étaient assez limitées. L'ancien était toujours vivant, et devrait le rester jusqu'à ce que l'assassin se sente prêt à s'en débarrasser — pas avant la fin de la mission. Or tant que Brennan respirait encore, Fantôme ne pouvait utiliser le *Ghearufu*, pas même contre Vander.

Les choses seraient plus simples après la mort de Cadderly. La veille, Fantôme avait brièvement songé à en finir avec le jeune prêtre. Il avait un couteau à la main, et la poitrine de sa cible ne se trouvait qu'à quelques pouces. Il lui aurait suffi de frapper pour régler le problème. Alors, il aurait pu aller chercher son or, tuer l'esprit de Brennan et ôter l'anneau de régénération de son cadavre. En quelques jours, il se serait habitué à sa nouvelle forme et aurait pu utiliser de nouveau le *Ghearufu*.

Mais il avait hésité, et Cadderly s'était aperçu que quelque chose clochait.

— Brennan ! s'exclama l'aubergiste, arrachant l'assassin à sa contemplation. Qu'est-ce que tu attends ? Remets ce chandelier en place, et va nettoyer le sol de la salle commune.

Fantôme s'exécuta sans rechigner. Les Masques de la Nuit n'étaient pas loin, et il avait tout le temps d'aller les retrouver. En réalité, il était content de bénéficier d'un délai pour réfléchir aux solutions potentielles.

Une heure plus tard, il se félicita de ne pas avoir quitté l'auberge. Une jeune femme aux cheveux blonds-roux pénétra dans la grande salle, se présenta à Fredegar sous le nom de dame Danica Maupoissant et demanda à parler à Cadderly.

Une nouvelle ombre au tableau.

*
* *

— Le voilà ! s'écria Ivan en pointant un index vers l'entrée de la *Braguette du Dragon.*

Il voulut courir, mais Danica lui mit une main sur l'épaule. Le nain se tourna vers elle, surpris, puis ses traits s'adoucirent.

— Tu veux y aller seule ?

— J'aimerais bien, avoua la jeune femme. Je ne sais pas comment il va réagir, et je préférerais...

— N'en dis pas plus. Mon frère et moi avons beaucoup de travail en perspective, et la journée est bien avancée. Je vais aller nous prendre des chambres, proposa le nain en désignant une auberge située à quelques pâtés de maisons de la *Braguette du Dragon.* Tu n'auras qu'à venir nous y rejoindre. Oh, et donne ça à Cadderly de notre part.

Il sortit de sa poche les disques en adamantine et les tendit à Danica. Au moment de les poser dans la paume de la jeune femme, il se ravisa et ôta discrètement les lambeaux de chair encore accrochés à l'un d'entre eux. Danica réprima un sourire et se pencha pour embrasser le nain sur la joue.

Lorsque Ivan et Pikel se furent éloignés, la jeune femme se retrouva seule au milieu de la foule. Elle suivit Cadderly du regard ; ce dernier pénétrait dans l'auberge. Elle n'osait pas aller le retrouver. S'il la repoussait comme il l'avait fait dans la forêt de Shilmista, où irait-elle ensuite ?

Danica avait affronté maintes épreuves et combattu des dizaines d'ennemis, plus redoutables les uns que les autres, mais jamais elle n'avait eu aussi peur qu'aujourd'hui. Enfin, rassemblant tout son courage, elle se dirigea vers la *Braguette du Dragon.*

Cadderly était en train de monter à l'étage, sa canne

de marche au creux du bras. Le regard fixé sur un parchemin craquelé, il ne semblait pas se soucier le moins du monde de ce qui l'entourait.

Rapide comme l'éclair, la jeune femme traversa la pièce et bondit dans l'escalier. Un adolescent d'une quinzaine d'années lui lança un regard intrigué. Elle crut qu'il allait lui barrer le chemin, mais il se ravisa au dernier moment.

Danica s'immobilisa deux marches derrière Cadderly ; le jeune homme ne l'avait toujours pas remarquée. Elle en profita pour l'étudier. Au cours des dernières semaines, son bien-aimé avait perdu quelques kilos ; il semblait plus musclé et plus sûr de lui.

— Tu as l'air d'aller bien, lâcha-t-elle sans réfléchir.

Cadderly manqua trébucher et se rattrapa de justesse. Avec lenteur, il se retourna vers Danica. La jeune fille retint son souffle.

Quelques longues secondes s'écoulèrent avant que l'un ou l'autre trouve que dire.

— Tu as l'air d'aller bien, répéta enfin la guerrière. Je... nous sommes venus à Carradoon...

Le regard de Cadderly la glaça. Combien de fois avait-elle plongé ses yeux dans ceux du jeune homme ? Pourtant, leur tristesse dépassait tout ce qu'elle avait pu voir.

Ils se turent à nouveau pendant une éternité.

Soudain, la canne tomba et dévala l'escalier en faisant un vacarme incroyable. Danica la suivit du regard.

Lorsqu'elle se retourna, Cadderly était sur la même marche qu'elle, la serrant dans ses bras à l'étouffer.

La jeune fille était forte, indépendante, et probablement l'une des meilleurs guerrières du royaume. Mais jamais encore elle ne s'était sentie aussi heureuse. Des larmes de bonheur roulèrent sur ses joues.

*
* *

*Danica.*

Cadderly ne l'avait pas vue depuis plus de cinq semaines, et bien qu'il n'eût pas oublié son visage, il fut surpris de constater à quel point elle était belle.

Elle était adossée contre la porte de sa chambre, la tête penchée sur le côté, ses cheveux blonds-roux dansant sur ses épaules.

Le jeune homme était responsable de leur séparation. C'était lui qui l'avait quittée à Shilmista, et il ne savait pas ce qu'elle espérait en venant le trouver à Carradoon. Mais il se sentit obligé de s'expliquer.

— Je ne m'attendais pas à ce que tu viennes, dit-il en refermant le *Grimoire de l'Harmonie Universelle*. En fait ( il gloussa nerveusement ), chaque jour je craignais de recevoir une invitation à ton mariage avec Elbereth.

— Je n'ai pas mérité ça, répliqua Danica, très calme.

Cadderly leva les mains en signe d'apaisement.

— Mais, *je* l'aurais mérité, admit-il.

La jeune femme sortit un paquet de sa poche et le lança à son ami.

— De la part d'Ivan et Pikel. Ils y travaillent depuis longtemps. Ils voulaient te l'offrir pour te remercier d'avoir sauvé l'Edifiante Bibliothèque.

Cadderly jeta un coup d'oeil aux disques tournoyants, et son admiration n'eut d'égale que sa terreur.

— Des armes, toujours des armes, marmonna-t-il, résigné, en lançant le cadeau des nains au pied de son lit.

Les disques heurtèrent un coffre à vêtements dont ils entamèrent le coin, et roulèrent à côté de la canne enchantée du jeune érudit.

Cadderly faillit éclater de rire face à cette coïncidence, mais il ne voulait pas que Danica en profite pour changer de sujet.

— Tu aimes le prince elfe, affirma-t-il.

— Il est maintenant roi de Shilmista, lui rappela la jeune femme. ( Cadderly la fixa sans répondre. ) Oui, je l'aime. Et toi aussi. C'est un ami très cher, et probablement l'une des personnes les plus extraordinaires que j'aie eu le plaisir de côtoyer. Je donnerais ma vie pour lui, exactement comme toi.

Elle disait la vérité. Au fond, il n'avait jamais douté de sa bien-aimée. En revanche...

— Tu donnerais ta vie pour lui, j'en suis certain. J'aimerais pouvoir faire preuve d'autant de courage. ( Danica sourit. ) Je suis parti de là-bas en courant, rappela Cadderly.

— Mais pas quand on avait besoin de toi. Ni les elfes ni moi n'avons oublié ce que tu as fait à Syldritch Trea. C'est grâce à toi que Tintagel est encore en vie, grâce à toi que le peuple d'Elbereth a vaincu à Shilmista.

— Je me suis enfui quand même, dit tristement Cadderly.

Danica ôta sa cape de voyage et alla s'asseoir sur le lit.

— Pourquoi ?

Cadderly s'approcha de la fenêtre et regarda le coucher de soleil se refléter sur le lac. Lui-même ne s'était jamais posé la question de façon aussi crue.

— C'était trop pour moi, lâcha-t-il enfin. Les combats, la magie, mon dilemme face à Dorigène, la peur d'avoir mal agi en ne la tuant pas, les cris des mourants qui résonnaient dans ma tête. ( Il sourit. ) Et la façon dont tu regardais Elbereth.

— Raison de plus pour rester auprès de moi plutôt que de t'enfuir, fit remarquer Danica.

— Mes tourments n'étaient pas nouveaux. En fait, je

les avais déjà avant l'arrivée de Barjin à l'Edifiante Bibliothèque. Il fallait que je les affronte, que je règle le problème pour de bon.

— Mais...

— Je ne pouvais pas le faire tant que tu étais à mes côtés, dit Cadderly, espérant que sa bien-aimée comprendrait. A la Bibliothèque, quand trop de questions menaçaient de me submerger, il me suffisait d'aller vers toi. En ta présence, tous mes problèmes s'envolaient.

Il se tourna vers la jeune femme et vit la joie qui illuminait son visage.

— Mais tu n'es pas ma réponse.

Dans les yeux de Danica, la lumière s'éteignit, et Cadderly sut qu'elle s'était méprise sur le sens de sa phrase.

— Je voulais dire que tu n'es pas mon remède, corrigea-t-il. Tu n'es qu'un onguent, un soulagement temporaire.

— Un jouet ?

— Jamais ! s'écria Cadderly, avec toute la force dont Danica avait besoin pour se sentir rassurée. Lorsque je suis avec toi, ma vie et le monde entier me paraissent magnifiques — alors qu'ils ne le sont pas. Si Shilmista m'a appris quelque chose, c'est bien cela. Auprès de toi, je peux me cacher derrière mon amour. Tu m'as servi de masque. Tant que je t'avais, je pouvais même fermer les yeux sur les horreurs de la guerre...

— Mais pas te dérober à toi-même, termina Danica, qui commençait à comprendre.

Cadderly hocha la tête.

— Les problèmes sont dans ma tête ; ils y resteront jusqu'à ce que je trouve un moyen de les résoudre. Ou jusqu'à ce qu'ils me détruisent.

— As-tu trouvé ici les réponses que tu cherchais ?

— A vrai dire, j'ai surtout trouvé d'autres questions. Depuis que j'ai plongé en moi-même, le monde me paraît encore plus déroutant. ( Il fit un mouvement du menton pour désigner le *Grimoire de l'Harmonie Universelle.* ) Tu n'arriverais pas à croire à ce que ce livre m'a montré, pourtant j'ignore encore s'il s'agit de la vérité ou d'une habile supercherie.

— Tu doutes de ta foi ? demanda Danica en fronçant les sourcils.

— Je ne doute pas des principes qu'épouse le clergé de Dénéir.

— Dans ce cas, c'est du dieu lui-même que tu te défies ! conclut la jeune femme, incrédule. Comment peux-tu douter de son existence, alors que tu as grandi dans un Ordre religieux, que tu as assisté à des miracles ?

— Je ne suis même pas certain de douter, gémit Cadderly.

— Tu as vu la magie cléricale à l'œuvre. Tu l'as sentie quand tu as soigné Tintagel.

— Je crois en la magie ; j'ai senti sa puissance, mais je ne sais pas d'où elle venait.

— La malédiction de l'intelligence, grogna Danica, ironique. Tu ne crois en rien dont tu n'aies la preuve. Tu n'acceptes que les faits. N'y a-t-il plus de place pour la foi dans un esprit comme le tien ?

— Je n'en sais rien, reconnut Cadderly.

— Pourquoi es-tu parti ? répéta la jeune femme.

Son ton déterminé montrait qu'elle avait l'intention d'obtenir une réponse, quoi qu'il puisse leur en coûter à tous les deux.

— J'avais peur, admit Cadderly. Peur de tuer encore. Peur que tu te fasses tuer. Et surtout... ( il déglutit ) j'avais peur de mourir.

Il se raidit, attendant les sarcasmes.

— Evidemment, répondit gentiment son amie. Tu

doutes de ta foi, tu doutes de l'au-delà. Dans ce cas, à quoi peut bien servir l'honneur ? Le courage doit se mettre au service d'une cause. Tu serais prêt à mourir pour Elbereth ; tu l'as déjà prouvé. Si une lance volait vers moi, tu préférerais qu'elle se plante dans ton cœur. Je n'en doute pas un seul instant.

Cadderly ne dit rien et continua à regarder le lac par la fenêtre. Il entendit Danica remuer derrière lui mais n'y fit pas attention. Elle voyait juste. Il avait eu peur de mourir à Shilmista parce qu'il n'avait plus la foi pour continuer à se battre. Et s'il s'était mis en colère contre ses amis, c'était parce qu'il avait peur pour eux...

— Oui, je préférerais qu'elle se plante dans mon cœur, décida-t-il enfin.

— Je n'en ai jamais douté.

Quelque chose dans la voix de son amie poussa le jeune homme à se retourner.

Danica était allongée sur le lit, ses vêtements gisant sur le sol. Cadderly aurait pu vivre un millier d'années qu'il n'aurait jamais oublié ce moment. Sa bien-aimée avait la tête posée dans une main ; ses cheveux blonds-roux tombaient en cascade sur l'oreiller. La lumière du couchant accentuait les courbes gracieuses de son corps, la douceur satinée de sa peau.

— Pendant toutes ces semaines, je n'ai jamais douté de toi, dit-elle d'une voix frémissante.

Cadderly n'arrivait pas à croire qu'elle ait pu être aussi brave. Sans dire un mot, il déboutonna sa chemise et s'avança vers elle.

Quelques secondes plus tard, ils furent dans les bras l'un de l'autre, et le jeune prêtre entendit à nouveau le chant dans sa tête. Il le sentit courir dans ses veines, guider chacun de ses mouvements, le convaincre que rien n'avait jamais été aussi bien.

Un tourbillon d'émotions envahit l'esprit de Cadderly. Il songea à Danica portant son enfant, et considéra toutes les implications de la mortalité.

Mais plus que tout, il se concentra sur sa compagne, son âme sœur, et il ne l'en aima que davantage. Si elle avait été son refuge autrefois, c'était parce qu'il l'avait confinée dans ce rôle. Aujourd'hui, il lui avait révélé sa vulnérabilité, ses peurs les plus secrètes, et elle l'avait accepté quand même.

Plus tard, tandis que Danica dormait, Cadderly se leva, alluma une bougie et se mit à feuilleter le *Grimoire*. Il voulait savoir si le chant avait changé à la lumière de cette nouvelle révélation.

*
* *

Fantôme s'éloigna de la porte de la chambre de Cadderly. Après ce qu'il venait d'entendre, il ne regrettait plus l'arrivée de Danica Maupoissant. Au contraire, il espérait pouvoir se servir d'elle, ou du moins de son corps, pour parvenir jusqu'à sa cible.

Lorsqu'il pénétra dans sa chambre, le jeune Brennan leva vers lui des yeux implorants.

— Ne t'inquiète pas, je te relâcherai cette nuit, promit Fantôme. Je ne peux pas me permettre de garder ton corps et c'est bien dommage, parce qu'il me plaisait beaucoup.

Brennan avait tellement envie d'y croire qu'il réussit presque à sourire en voyant son geôlier s'approcher de lui. Puis les mains de Fantôme — autrement dit, les siennes — se refermèrent autour de sa gorge. Cette fois, il n'éprouva aucune douleur ; un linceul d'obscurité l'enveloppa.

Sa tâche accomplie, Fantôme s'assit sur le lit, défit les liens du cadavre et attendit de pouvoir revenir dans l'enveloppe charnelle du petit homme. Il regrettait de n'avoir pu conserver le corps de l'adolescent, mais dès que Cadderly serait mort, il se mettrait en chasse d'un remplaçant.

# CHAPITRE XIII

## LE PANTIN DU PANTIN

Kierkan Rufo regarda les étagères avec un mépris non dissimulé. Des courses ! Il servait l'Edifiante Bibliöthèque depuis une douzaine d'années, il avait toujours accompli ses devoirs religieux, et tout ce que le principal Avery trouvait à lui confier, c'étaient des courses !

Le voyage depuis les Monts-Flocons n'avait été qu'une longue suite d'humiliations. Avery lui en voulait pour ce qui s'était passé dans la forêt de Shilmista. Bien que Rufo se soit convaincu que rien n'était sa faute, jamais il n'aurait cru que son supérieur puisse l'humilier ainsi. Pendant les rencontres avec les prêtres d'Ilmater puis les officiels de la ville, Avery l'avait obligé à rester derrière lui sans dire un mot. La survie de la région était en jeu, et il n'avait pas le droit d'ouvrir la bouche !

Et maintenant, il devait faire des courses ! Un instant, il se demanda ce qui se serait passé si Dorigène avait triomphé, dans la forêt — si les gobelinoïdes avaient massacré les elfes et l'avaient admis dans leurs rangs comme promis. Peut-être le sort aurait-il été plus clément pour lui si Cadderly avait échoué.

Cadderly ! Ce nom résonnait dans sa tête comme la pire des malédictions. Le jeune homme avait abandonné l'Ordre de Dénéir et la Bibliothèque ; pourtant le principal Avery l'estimait plus que le fidèle Rufo.

Le jeune prêtre saisit un sac de farine et le tira si fort qu'un petit nuage blanc s'en échappa.

— On dirait qu'il n'est pas content, railla une voix à côté de lui.

— Hi, hi, hi ! renchérit une autre.

Rufo n'eut pas besoin de se retourner pour comprendre que les frères Larmoire étaient dans la boutique ; une découverte qui ne fit rien pour améliorer son humeur maussade. Les nains devaient venir à Carradoon, mais il avait espéré ne pas les y rencontrer.

Il tenta de contourner Ivan pour sortir de l'échoppe. Hélas le couloir était étroit et le nain ventripotent.

— On dirait que tu es pressé. Je pensais que tu serais heureux de nous voir.

— Pousse-toi de là, gronda Rufo en serrant les dents. J'ai des choses importantes à faire. Vous ne pourriez pas comprendre.

— J'ai toujours su que la farine était d'une importance capitale, ricana Ivan en soufflant un petit nuage de poussière blanche à la figure du prêtre.

Celui-ci se mit à trembler de rage.

— Tu pourrais nous faire un meilleur accueil, dit le nain sur le ton du reproche. Après tout, nous avons combattu ensemble dans les bois. Oh ! pardon, j'oubliais : certains d'entre nous ont combattu pendant que d'autres se cachaient dans les arbres, si ma mémoire est bonne.

Rufo lâcha le sac de farine, baissa la tête et força le passage, faisant tomber plusieurs objets des étagères.

Puis il se rua dehors, le visage rouge de colère.

— Bonne journée à toi aussi ! s'écria Ivan dans son dos. ( Il se tourna vers son frère. ) Ça m'a fait plaisir de le voir. Il n'a pas son pareil pour pimenter un voyage monotone.

— Hi, hi, hi ! approuva Pikel.

Le visage d'Ivan s'assombrit quand il vit l'homme qui choisissait des marchandises derrière son frère. Les mouvements de l'inconnu étaient gracieux, son regard vif. Il souleva un sac de dix kilos d'une seule main et sa tunique glissa, révélant une dague cachée dans sa ceinture.

Ce simple fait n'aurait pas suffi à alarmer le nain. Beaucoup de gens portaient des armes, et lui-même avait un couteau dans sa poche. Mais il était certain d'avoir déjà vu l'homme quelque part. Il regarda jusqu'à ce que l'inconnu s'en aperçoive et se dirige vers l'autre extrémité de la boutique.

— Eh ? dit Pikel sur un ton interrogateur.

Ivan ne répondit pas ; il était trop occupé à fouiller sa mémoire. Puis un souvenir lui revint : il avait vu quelqu'un qui ressemblait à cet individu dans une ruelle, derrière la *Braguette du Dragon*. L'homme était hirsute ; vêtu de haillons, il ressemblait à un mendiant ordinaire. Ivan avait déjà remarqué l'aisance de ses mouvements.

En temps normal, le nain ne se serait pas attardé. Mais Danica l'avait persuadé que leurs agresseurs de l'avant-veille n'étaient pas des bandits de grand chemin ; l'embuscade était délibérée. Il préférait se méfier, même inutilement, plutôt que prendre des risques.

— Nous devrions aller retrouver Danica et Cadderly, dit-il à son frère.

— Tut tut, protesta Pikel en agitant un index boudiné sous son nez.

Danica n'était pas réapparue la veille au soir, et ils n'avaient eu aucun mal à deviner où ( et comment ) elle avait passé la nuit.

— Nous ne les ennuierons pas. Je veux juste garder un œil sur eux, c'est tout. Je crains que nous n'entendions de nouveau parler des brigands qui nous ont attaqués...

— Eh ?

— Bien sûr, ils sont morts ; mais je pense qu'ils avaient des amis qui vont nous en vouloir.

— Oh oh, geignit Pikel.

— Ne t'inquiète pas. On va juste aller surveiller Cadderly et Danica. Avec nous dans les environs, il ne pourra rien leur arriver.

*
* *

Vander faisait les cent pas devant la grange. Fantôme l'avait contacté par télépathie le matin même ; le plan visant Cadderly serait mis à exécution avant l'aube. Les autres tueurs avaient quitté la ferme pour aller se mettre en position avec leurs camarades, à Carradoon. Personne n'avait entendu parler des cinq hommes qui étaient partis dans la montagne, mais l'arrivée de Danica Maupoissant en ville ne laissait rien présager de bon.

Mais, quatorze tueurs devraient suffire pour régler son compte à une proie sans défense. Du moins c'était ce qu'avait dit Fantôme à Vander pour le tenir éloigné du lieu de l'action.

Le firbolg se moquait bien de ne pas y prendre part ; les exécutions lui laissaient toujours un arrière-goût amer dans la bouche. Seules l'inquiétaient les motivations de Fantôme. Les rares fois où le petit assassin utilisait cette méthode, c'était quand il respectait les pouvoirs de sa victime. Vander devenait alors sa sortie de secours, son moyen de fuite. Si Fantôme était en danger, il lui suffisait d'invoquer le *Ghearufu* et d'effectuer le transfert. Le firbolg devait alors subir les conséquences des actes de son maître.

Combien de temps cela allait-il durer ? se demanda Vander pour la millième fois. Combien de temps resterait-il le jouet d'un être sans scrupules ni honneur ?

*
* *

Le visage d'un blanc de craie, Rufo pénétra dans l'auberge et se dirigea vers l'escalier.

— Tu as l'air pressé, dit Bogo.

Le prêtre leva les yeux au ciel et grogna, mais il n'eut pas le courage de refuser l'invitation du magicien à s'asseoir avec lui.

— De quoi avez-vous besoin ? aboya-t-il.

Il en avait assez d'obéir aux ordres que tout un chacun semblait vouloir lui donner.

Bogo éclata de rire.

— Comment se passent tes réunions avec les membres des autres clergés ?

— C'est à Avery qu'il faut le demander, pas à moi ! rétorqua Rufo. Je ne suis qu'un humble coursier !

Pour preuve, il posa sur la table plusieurs sacs de provisions.

— Tu mérites d'être traité mieux que ça, dit Bogo, essayant de paraître amical.

— Oui. Par vous comme par les autres, répliqua le prêtre.

Le jeune mage hocha la tête. Il comprenait ce que ressentait son interlocuteur. Lui aussi avait l'habitude d'être maltraité par ses supérieurs.

— Alors, vous avez quelque chose à me demander ou simplement envie de me faire perdre mon temps ? Non qu'il soit une chose très précieuse, grommela le prêtre entre ses dents.

— Rien pour le moment. ( Rufo se leva aussitôt. ) Mais je te ferai signe quand j'aurai besoin de toi.

*

* *

Entrant dans sa chambre, Bogo ne fut guère surpris d'y trouver Fantôme.

— Tu as encore parlé avec le prêtre, dit l'assassin. Pourtant, je t'avais averti de ne pas t'en mêler.

Le jeune mage fronça les sourcils. Fantôme comprit aussitôt son erreur : ce n'était pas lui, mais Brennan qui avait lancé cette mise en garde.

— Toi ? questionna Bogo avec un demi-sourire. Au fait, c'est amusant, je n'ai pas vu le fils de l'aubergiste aujourd'hui. D'ailleurs, son père s'inquiète beaucoup à son sujet.

Fantôme hocha la tête en guise de félicitations.

— Ce jeune homme ne pouvait plus m'être utile.

— Ce qui veut dire que la fin approche. La disparition de Brennan est une question que tu ne peux te permettre de laisser en suspens trop longtemps.

— Exact. Je vais passer à l'attaque sans tarder, bien que certains paramètres aient été modifiés.

— Par l'arrivée des prêtres et de Danica Maupoissant ?

— Oui. J'ai dû changer mes plans, et aussi le rôle que je voulais t'y faire jouer.

Bogo recula. Fantôme jugeait peut-être qu'il ne lui était plus d'aucune utilité...

— Jusqu'à présent, tu ne devais être qu'un observateur, reprit le tueur. Mais je sais que tu n'as pas l'intention de nous regarder faire, les bras croisés. Ta vivacité d'esprit vient de me prouver que tu peux tenir un rôle plus important que celui qu'on t'a assigné à l'origine. Je vais avoir besoin de t'emprunter ton pantin...

— Pour quoi faire ?

— Pour une tâche très simple, mais qui me permettra d'approcher dame Maupoissant.

— Tu veux la tuer ?

— D'une certaine façon. D'abord je veux l'utiliser pour m'introduire auprès de Cadderly. Imagine sa surprise, quand les Masques de la Nuit l'attaqueront, de réaliser que sa fidèle alliée est en fait sa pire ennemie !

Le plan de l'assassin était d'une simplicité remarquable. Les seuls problèmes ne pouvaient venir que de Rufo ou de Bogo lui-même. Or, ce dernier avait déjà mordu à l'hameçon. Pour s'assurer qu'il y resterait bien accroché, Fantôme ferra sa ligne :

— Je te propose de participer à l'exécution, d'une façon qui fera plaisir à Aballister. Mais à une condition : ma paie doit rester telle que convenu à Château-Trinité.

— Bien sûr..., commença Bogo, mais le tueur ne le laissa pas terminer.

— Et si tes supérieurs ne me versent pas l'intégralité de la somme, tu me devras la différence, jusqu'à la dernière pièce d'or.

Bogo hocha la tête, trop heureux à l'idée de pouvoir acquérir du prestige à si bon compte.

Ils passèrent une heure ensemble. Fantôme exposa au jeune mage le plan qu'il avait conçu, et le rôle qu'il voulait lui faire tenir. Bogo s'en trouva satisfait : le plan tenait debout, et il pourrait retirer un bénéfice de l'opération sans avoir eu à se mouiller, car Rufo allait faire la majeure partie du travail.

Bref, tout se passa exactement comme Fantôme l'avait espéré.

# CHAPITRE XIV

## POUR CAPTURER UNE ÂME

Cadderly et Danica avaient dormi fort longtemps. Brennan n'était pas venu lui apporter le petit déjeuner, et le jeune érudit s'en réjouit. L'adolescent avait dû frapper à sa porte et s'en retourner, très embarrassé, après avoir entendu les bruits qui montaient de la chambre.

Les deux amants descendirent peu de temps après midi et prirent leur repas dans la grande salle. Fredegar les servit lui-même, un fait inhabituel qui retint l'attention de Cadderly lorsque l'aubergiste lui demanda s'il avait vu Brennan le matin.

Trop distrait par la présence de Danica pour s'inquiéter de cette disparition, Cadderly promit simplement de garder l'œil ouvert. Fredegar le remercia, mais il était visible qu'il s'inquiétait.

— Il faut bien que jeunesse se passe, expliqua le jeune érudit à sa compagne.

Il ne se faisait pas beaucoup de souci pour son ami. La veille, celui-ci avait dû traîner à la poursuite de quelque jeune fille, et peut-être l'avait-il attrapée. Malgré tous ses tourments, avec Danica à son côté, Cadderly ne pouvait s'empêcher de voir la vie en rose.

Ils sortirent de l'auberge et se dirigèrent vers la rive sablonneuse du Lac Impresk. La brise était fraîche, et des oiseaux réussissaient autour d'eux d'audacieuses manœuvres aériennes. La brume du matin s'était dissipée, offrant une vue magnifique sur l'île qui constituait la partie la plus riche de Carradoon.

— Je suppose que je m'habituerai à ta barbe, dit Danica après quelques minutes de silence. A condition que tu l'entretiennes !

— Je t'aime, déclara Cadderly en souriant de toutes ses dents. Vas-tu rester avec moi ?

La jeune femme se tourna vers le lac sans répondre. Un an et demi auparavant, elle s'était rendue à l'Edifiante Bibliothèque pour y étudier l'œuvre du grand maître Penpahg d'Ahn, prophète et fondateur de son Ordre. La congrégation était le seul endroit au monde où elle pouvait poursuivre ses travaux.

Mais étaient-ils aussi importants que Cadderly ?

Danica n'en était pas certaine. Mais elle savait une chose : si elle renonçait à ses rêves pour rester avec son bien-aimé, elle finirait par le regretter et par lui en vouloir.

Et puis, il y avait la guerre. Les derniers jours avaient été calmes, mais la jeune femme savait que c'était temporaire. Les combats allaient reprendre, au plus tard dès le printemps, et elle avait promis d'y prendre part. Cadderly ne voulait plus en entendre parler, et Danica doutait qu'il change d'avis.

Ils marchèrent en silence sur la grève. Le jeune érudit conduisit sa bien-aimée à son endroit favori : une péninsule couverte d'arbres, qui s'élevait à une cinquantaine de pouces au-dessus du niveau de l'eau. Un petit chemin traversait les épais fourrés pour aboutir à une clairière, au centre de la péninsule. A moins d'une lieue de Carradoon, les deux amants auraient pu croire que le monde avait disparu autour d'eux.

Danica jeta un regard à Cadderly et sourit. Elle croyait savoir pourquoi son ami l'avait amenée là.

Mais le jeune homme avait autre chose en tête. Il entraîna sa bien-aimée jusqu'à la pointe de la péninsule, à côté d'une petite mare formée par les vagues, suite au passage de gros bateaux. Là, il désigna une pierre moussue et l'invita à s'y asseoir.

Puis il se dirigea vers la mare en marmonnant des phrases que Danica devina être une incantation. Les bras de Cadderly décrivirent des cercles gracieux ; le symbole religieux accroché à son chapeau commença à pulser.

L'eau réagit à l'appel du jeune prêtre. Elle bouillonna, siffla, puis se vaporisa, formant un nuage qui s'éleva dans les airs.

Danica cligna des yeux, incrédule. La mare était vide.

— Eh bien, tu es devenu drôlement puissant, fit-elle remarquer, le souffle coupé. Surtout pour un sceptique.

Cadderly lui lança un regard courroucé.

— Peut-être n'est-ce qu'une variante d'un sort de mage, comme tu le crains, dit la jeune femme pour l'apaiser. Mais peut-être la force dont tu disposes t'est-elle réellement envoyée par Dénéir. Tu écartes trop vite ce que les autres membres de ton Ordre croient...

— De mon Ordre ? répéta Cadderly, sarcastique.

— J'ai vu ton symbole religieux vibrer sous l'action du pouvoir.

— Oui. Il sert de véhicule à l'énergie, comme le livre que tu as vu sur mon bureau. Chaque fois que je fais appel à la magie, je me souviens des mots qui y sont inscrits.

— Mais cet ouvrage est dédié à Dénéir.

Cadderly hocha la tête.

— Connais-tu Belisarius ?

— Le magicien qui vit dans la tour, au sud de la ville ?

— Oui. Il possède un grimoire semblable au mien : un livre de sorts. S'il y attachait le nom d'un dieu, cela en ferait-il un texte sacré pour autant ?

— Ce n'est pas la même chose, protesta la jeune femme.

— Je n'en suis pas si sûr.

Danica éclata de rire.

— Je ne savais pas que j'étais si drôle, fit remarquer Cadderly, vexé.

— Tu détiens toutes les preuves dont tu as besoin ! Tu en as davantage que l'immense majorité des gens en verront de leur vie ! Et pourtant, tu doutes encore... Mon pauvre Cadderly, tourmenté sans fin par sa propre intelligence !

Le jeune érudit ne répondit pas. Danica lui prit la main et le ramena au centre de la clairière. Il voulut continuer vers la ville, mais elle s'immobilisa et l'en empêcha. S'allongeant sur la mousse, elle lui sourit d'un air effronté.

*
* *

Le crépuscule tombait lorsque les deux amants reprirent le chemin de l'auberge. Ivan les suivait de loin, se disant qu'il avait été stupide de s'affoler ainsi.

Un mendiant sortit d'une ruelle et fixa le jeune couple avec un vif intérêt. Ivan se figea. Il n'avait pas emmené sa hache, car il était mal vu de se promener armé dans les rues de Carradoon. Mais il portait son heaume à andouillers de cerf, et si l'inconnu s'approchait un peu trop de ses protégés, il n'hésiterait pas à foncer tête baissée...

Cadderly et Danica pénétrèrent dans l'auberge ; le mendiant s'adossa à un mur. Ivan regarda autour de lui, se sentant ridicule.

— Stupide nain, grommela-t-il dans sa barbe. Pourquoi t'inquiéter de la sorte ? Ce n'est qu'un pauvre homme qui veut gagner quelques piécettes.

Il se retourna vers le loqueteux, mais celui-ci s'était volatilisé.

*

* *

On frappa à la porte.

Danica gloussa, mais Cadderly soupira, guère content d'être dérangé à un moment pareil.

— Va ouvrir, chuchota la jeune femme. C'est sans doute le fils de l'aubergiste, pour lequel tu t'es inquiété toute la journée.

— Et si je n'ai pas envie ? protesta Cadderly.

Pourtant il se leva en ronchonnant, saisit sa cape et s'en enveloppa avant d'entrebâiller la porte.

— Rufo ? Qu'est-ce que tu fais là ?

— Bonsoir, répondit le prêtre avec une politesse forcée. Toutes mes excuses pour le dérangement.

Cadderly s'empourpra jusqu'à la racine des cheveux, ce qui parut réjouir son interlocuteur.

— Qu'est-ce que tu veux ? répéta le jeune érudit.

— On a besoin de toi dans la grande salle. Descends dès que tu pourras.

— Non, dit Cadderly, reculant pour fermer la porte et clore la conversation.

Mais Rufo coinça un pied dans l'entrebâillement.

— Le principal Avery est revenu du temple d'Ilmater avec une délégation de prêtres, mentit-il.

En réalité, son supérieur était en train de ronfler dans son lit.

Cadderly jeta un coup d'œil à la fenêtre.

— A cette heure-ci ? Mais il fait nuit !

— Je sais. Les prêtres d'Ilmater veulent discuter en privé. Il faut que tu leur expliques la mort des acolytes qu'ils avaient envoyés à l'Edifiante Bibliothèque.

— J'ai déjà rédigé un rapport...

— Avery te prie de venir. Il ne te demande jamais grand-chose, en tout cas certainement moins qu'à moi, acheva Rufo en serrant les dents. Tu pourrais consentir à un effort, après tout ce qu'il a fait pour toi.

Cadderly dut reconnaître que le prêtre avait raison.

— Très bien. Laisse-moi le temps de m'habiller et j'arrive.

*

* *

— Cadderly ? marmonna Danica, mais sa voix semblait provenir de la bouche de quelqu'un d'autre.

Elle était surprise de s'être endormie aussi vite. Depuis combien de temps son ami était-il parti ? Et que signifiait cette bizarre odeur de fleurs exotiques ?

— Cadderly ?

— Pas vraiment.

Les mots résonnèrent à ses oreilles comme un avertissement. Elle aurait dû ouvrir les yeux pour découvrir ce qui se passait, mais elle ne le pouvait pas.

Un pouce ganté se pressa sur une de ses paupières et l'ouvrit de force. Danica tenta de se concentrer. Pourquoi avait-elle tellement sommeil ?

A travers le brouillard, elle se vit dans un petit miroir, qui pendait autour du cou de quelqu'un d'autre.

Mais de qui ?

— Cadderly ?

Un éclat de rire lui glaça les sangs. Les sens en alerte, la jeune femme ouvrit grand les yeux.

Elle aperçut Fantôme l'espace d'une demi-seconde, trop brièvement pour le frapper ou même pour crier. Puis elle retomba dans les ténèbres qui avaient envahi son esprit, une cuisante douleur déchirant chaque parcelle de son corps.

Danica ne comprenait pas ce qui se passait, mais cela ne lui plaisait pas du tout. Elle s'éloignait alors que son corps demeurait immobile...

Un nuage de ténèbres l'attendait un peu plus loin, au-delà d'un désert gris et vide. La jeune femme se sentit prise d'une folle envie de plonger dans cette obscurité. Sa coquille de chair était déjà loin derrière elle.

Peu de mortels sur Féérune auraient compris ce qui leur arrivait. Moins nombreux encore étaient ceux qui maîtrisaient aussi bien que Danica les arts de la méditation.

Son identité ! Quelqu'un essayait de lui voler son identité !

Elle voulut crier, mais elle avait déjà perdu le contrôle de sa voix.

La guerrière se concentra pour repousser l'envahissante odeur, sans doute un somnifère. Puis elle fixa les ténèbres et les repoussa de toute ses forces mentales. Si elle y pénétrait, elle serait perdue.

Alors, elle sentit à côté d'elle une autre présence éthérée qui se dirigeait vers le corps que la jeune femme avait abandonné.

*

* *

— Où sont-ils ? demanda Cadderly, impatient, en arrivant dans la grande salle.

Le feu mourait dans la cheminée ; Rufo était assis à une petite table, seul.

— Patience, ce ne sera plus très long.

Le jeune érudit se laissa tomber sur une chaise et passa un bras derrière le dossier. Il n'avait guère envie d'attendre et il dévisagea Rufo avec curiosité. Le prêtre semblait nerveux, mais il l'était toujours...

Fermant les paupières, Cadderly se laissa emporter par ses pensées. Il songea à Danica, au plaisir qu'ils venaient de partager, à ce que cela impliquait. Une chose était sûre : jamais il ne la quitterait.

Soudain, il écarquilla les yeux.

— Qu'y a-t-il ? hurla Rufo.

Cadderly le regarda, intrigué. Il vit son compagnon ciller... Plus étrange encore, il l'*entendit* ciller !

Le feu crépitait si fort qu'on aurait pu croire que l'auberge brûlait. Pourtant, lorsque le jeune homme se tourna vers le foyer, il ne restait plus que quelques braises.

Une mouche passa en bourdonnant à côté de lui.

*Ce n'est pas possible*, songea Cadderly, *avec le bruit qu'elle fait, elle devrait être de la taille d'un poney !*

Puis il entendit le chant, au fond de sa tête. Au lieu de chercher à comprendre, il se laissa aller à sentir.

Quelque chose — un danger ? — l'avait mis sur ses gardes, et il avait inconsciemment invoqué une des pages du grimoire : celle qui amplifiait magiquement l'acuité auditive.

— Qu'y-a-t-il ? répéta Rufo.

Cadderly leva une main pour le faire taire.

Une respiration. Quelqu'un inspirait et expirait deux tables plus loin. Le jeune prêtre se retourna mais ne vit rien.

Pourtant, il était certain de sentir une présence.

— Qu'est-ce que tu dis ? continuait son compagnon.

Cadderly réalisa que ses lèvres bougeaient, formant

les paroles d'un nouveau sort. La silhouette argentée d'un jeune homme au crâne à demi rasé apparut sous ses yeux.

Rufo secoua Cadderly, l'obligeant à lui faire face.

— Que se passe-t-il ?

Le jeune homme voulut le repousser, puis se ravisa et fixa les épaules du prêtre.

*

* *

Danica s'obligea à se calmer. Elle devait retourner vers la mare de ténèbres — vers son corps —, avant que l'autre présence n'y parvienne. Forçant son esprit à faire demi-tour, elle sentit l'autre présence pénétrer dans l'obscurité en même temps qu'elle et commencer à envahir ses membres.

Une sensation de brûlure. Une succession d'images trop rapides pour que la jeune femme puisse leur donner un sens. Des douzaines de meurtres. Des Masques de la Nuit, la guilde d'assassins qui avait tué ses parents. Un clan de géants vu à travers les yeux d'un autre géant qui les massacrait. Cadderly sur la route de Carradoon ; Cadderly assis à son bureau devant le *Grimoire de l'Harmonie Universelle.*

A sa grande horreur, Danica réalisa qu'elle puisait dans les souvenirs d'un autre, car elle était entrée en contact avec un fragment d'identité que la présence inconnue avait laissée derrière elle avant d'aller s'emparer de son corps. Pis encore, cette personne avait approché Cadderly de très près en au moins deux occasions.

Des Masques de la Nuit...

*Laissez-moi sortir !* hurla son esprit.

L'autre présence poussa un cri où se mêlaient la rage, la douleur et la stupéfaction.

*Laissez-moi sortir !*

Elle repoussa les ténèbres de toutes ses forces, utilisant sa colère pour la combiner à ses années d'entraînement psychique. La brûlure s'intensifia, puis disparut.

Danica était de nouveau dans son corps.

L'étrange odeur de fleurs exotiques agressa ses narines ; elle sentit un chiffon pressé contre son visage. Faisant appel à ses instincts de guerrière, elle arma un bras pour donner un coup de coude à son agresseur...

Elle tomba sur le sol mais ne s'en aperçut pas.

*

* *

Des ombres hostiles s'agitaient sur les épaules de Rufo. Le prêtre aux traits anguleux tendit la main vers Cadderly, mais celui-ci recula.

— Hé, où vas-tu ?

Rufo faisait semblant de s'inquiéter, mais c'était une façade. Avant qu'il puisse réagir, le jeune érudit poussa la table de toutes ses forces, heurtant l'estomac de son compagnon.

— Dis à Avery qu'il pourra me parler dans la matinée.

Il se retourna. Le magicien invisible était parti.

— Il ne sera pas content, protesta Rufo.

Un bruit mat se fit entendre au premier étage ; Cadderly devina qu'il provenait de sa chambre.

— Danica !

Le jeune érudit bondit vers l'escalier, mais il avait du mal à bouger les pieds, comme s'il se déplaçait au ralenti.

Par bonheur, le chant était toujours là ; il invoqua une page du grimoire pour dissiper l'énergie maléfique qui l'enveloppait. Une seconde plus tard, il se mouvait de nouveau librement.

La porte de sa chambre était fermée ; à l'intérieur, tout semblait être dans le même état que lorsqu'il était parti, à un détail près : Danica gisait sur le sol, enveloppée dans les couvertures. Il sut d'instinct qu'elle était vivante et qu'elle n'avait rien de sérieux.

— Cadderly ? balbutia la jeune femme d'une voix pâteuse. J'ai... j'ai fait un mauvais rêve.

Cadderly se pencha, la prit dans ses bras et l'embrassa sur le front.

# CHAPITRE XV

## UNE BELLE JOURNÉE POUR MOURIR

Le soleil se levait ; la moitié des clients de la *Braguette du Dragon* dormaient paisiblement dans leur lit.

Tous sauf Bogo Rath : il était beaucoup trop agité pour ça. Sachant ce qui allait se passer, et conscient qu'il avait joué un rôle dans le prologue de l'assassinat, il passa en revue les problèmes qui pouvaient surgir au cours de la matinée. Kierkan Rufo resterait-il loyal ? Si oui, serait-il capable d'accomplir la mission dont il l'avait chargé ? Les choses risquaient de tourner au désastre si le principal de l'Edifiante Bibliothèque ne disparaissait pas vite.

Bogo comprenait assez le fonctionnement des Masques de la Nuit pour savoir que Fantôme le tiendrait responsable de l'échec de Rufo. Pour l'heure, il faisait les cent pas dans sa chambre, espérant que Fantôme ou un de ses acolytes viendrait le mettre au courant des derniers événements.

Il résista à son envie d'entrebâiller la porte : s'il

interrompait son associé au mauvais moment, il risquait de partager le sort du jeune Cadderly.

Dans sa chambre, Fantôme était accoudé à sa fenêtre, blanc de rage. Il n'avait pas fermé l'œil de la nuit après l'échec de sa tentative de possession sur Danica Maupoissant.

Malgré ses revers de fortune, l'assassin pensait pouvoir accomplir sa mission. Mais son équipe avait subi de lourdes pertes : un homme mort des mains de Vander, cinq autres disparus dans les Monts-Flocons...

Et Cadderly était toujours vivant.

Assis devant son bureau, déjà vêtu malgré l'heure matinale, le jeune érudit feuilletait le *Grimoire de l'Harmonie Universelle*. Ayant eu son content de surprises la veille, il cherchait dans son livre quelque chose qui pourrait expliquer la soudaine acuité de ses perceptions.

Quant à Danica, assise en tailleur, elle méditait, comme tous les jours à la même heure. La jeune femme était accoutumée à une vie de discipline, d'épreuves et de défis personnels.

Elle n'avait découvert aucune explication à son expérience de la nuit passée. D'ailleurs, elle n'en avait pas vraiment cherché. Sa rencontre avec la présence inconnue restait un mauvais rêve... Comme aucun incident ne s'était produit depuis, elle l'avait rapidement relégué dans un recoin de son esprit.

*
* *

— Mais le soleil n'a pas encore fini de se lever ! protesta le principal Avery.

— Je vous répète seulement ce que demande Cadderly, dit Rufo. C'est lui qui souhaite une rencontre privée, et je pense que ce qu'il a à vous dire vous dédommagera de vos efforts.

Avery bâilla, puis jeta à son compagnon de chambrée un regard mi-inquisiteur, mi-ensommeillé.

Rufo fit de son mieux pour rester calme. Il le devait : trop de choses en dépendaient, à présent. Mais au fond de son cœur, une tempête de sentiments faisait rage. Comment la situation avait-elle dégénéré ainsi ? Quelques mois auparavant, le prêtre Barjin s'était servi de lui pour tenter d'envahir l'Edifiante Bibliothèque, et il avait bien failli réussir. Rufo ne se l'était jamais pardonné. Non : il n'avait jamais réussi à comprendre la raison de ses actes. Il ne se sentait pas vraiment coupable.

Au fil des semaines, Cadderly était devenu son pire rival : un cauchemar incarné. A Shilmista, on l'avait traité en héros, pendant que le pauvre Rufo servait à tout le monde de bouc émissaire. Pourtant, rien de ce qui s'était passé n'était sa faute. Il était parvenu à s'en convaincre.

Les yeux bouffis, Avery traversa la chambre et commença à s'habiller. Rufo fut soulagé de ne plus sentir peser sur lui son regard inquisiteur.

— Tu descends avec moi ?

— Non, Cadderly ne le souhaite pas. Il veut s'entretenir avec vous avant le réveil de Fredegar.

Avery hocha la tête en poussant un soupir résigné.

Oui, comment Rufo en était-il arrivé là ? Il ne détestait pas le principal, bien au contraire. Au cours des années, ce dernier avait souvent intercédé en sa faveur.

Mais tout avait changé depuis la bataille de Shilmista.

— Très bien, j'y vais, grommela Avery en étouffant un bâillement.

Rufo remarqua qu'il ne portait pas d'arme et qu'il n'avait même pas préparé de sorts. Un vague remords le titilla, mais il l'étouffa.

Il était trop tard pour reculer.

Les pas d'Avery s'éloignèrent ; Rufo referma la porte de la chambre. Il avait joué son rôle, conformément aux instructions du magicien. Avery était seul face à son destin.

*
* *

Endormi dans la salle commune de l'autre auberge, à deux pâtés de maisons de la *Braguette du Dragon*, Pikel entendit un sifflement. Il pensa à ce que son frère lui ferait s'il le surprenait assoupi pendant son tour de garde, et se redressa aussitôt.

Il passa la tête par la fenêtre, aspirant une longue goulée d'air frais. Un nouveau sifflement s'éleva dans une ruelle toute proche.

— Eh ?

Son instinct de guerrier lui disait qu'il s'agissait d'un signal. Il bondit de son siège, courut jusqu'à la porte, puis ôta la barre pour se glisser sous le porche.

Des silhouettes se dirigeaient vers la terrasse de la *Braguette du Dragon* ; il allait leur emboîter discrètement le pas lorsqu'un mouvement attira son attention. Un homme musclé fondit sur lui, l'épée brandie.

— Oooh ! s'exclama Pikel, surpris.

Il battit en retraite à l'intérieur du bâtiment.

Le nain n'avait pas d'arme ; ne s'inquiétant pas autant que son frère, il avait laissé sa massue dans sa chambre. A présent, il regrettait de ne pas avoir écouté Ivan.

L'homme avança sur lui, fendant l'air de son épée. Pikel recula. Du sang jaillit sur son bras droit, puis sur sa joue. Plus que quelques pas et il serait acculé contre le mur de la salle commune.

*
* *

Les tueurs avaient crocheté la serrure en silence. Ils fondirent sur le principal Avery avant que celui-ci puisse réagir.

Puis ils se dirigèrent vers l'escalier, semblables à des ombres.

Cadderly leva le nez de son grimoire et se tourna pour jeter un coup d'œil à Danica.

— Qu'y a-t-il ? demanda la jeune femme, la concentration brisée par l'intensité de ce regard.

Le jeune homme posa son index sur ses lèvres pour lui intimer le silence. Quelque chose venait de l'appeler au loin, comme pour le prévenir d'un danger. Il saisit ses disques tournoyants, sa canne de marche et se leva.

Il n'avait pas fait trois pas que la porte s'ouvrait à la volée ; plusieurs silhouettes sombres se ruèrent dans la pièce.

Danica était toujours assise en tailleur. Un des assassins se précipita vers elle. Poussant sur ses jambes pour s'élever dans les airs, elle se laissa tomber sur le dos de son agresseur.

L'homme émit un gargouillement en sentant les cuisses musclées de Danica lui enserrer le cou. Plongeant au sol, la jeune fille se jeta de côté sans lâcher prise.

Le tueur vit la pièce tourner follement autour de lui.

*
* *

Cadderly balaya l'air de sa canne. Le déclic d'une arbalète retentit et un carreau le frôla. Décrivant un nouvel arc de cercle avec son arme, il repoussa les deux assassins qui se jetaient sur lui, puis mit un genou à terre et lança les disques tournoyants. Un des Masques de la Nuit, qui avait voulu esquiver la canne, reçut les disques d'adamantine dans l'avant-bras. Ses os se brisèrent. Cadderly, incrédule, crut qu'un second coude venait de lui pousser... Le jeune homme n'avait pas encore éprouvé la redoutable efficacité du cadeau d'Ivan.

Mais il n'était pas temps de se laisser distraire. Le temps qu'il réalise son erreur, une massue s'abattait sur sa tête. Cadderly comprit alors que son existence était sur le point de s'achever.

*

* *

Pikel avait réussi à rester assez près de son agresseur pour que celui-ci ne puisse lui porter aucun coup sérieux. Pourtant, son corps était déjà couvert d'estafilades sanglantes.

La première idée du nain fut de se ruer vers l'escalier, mais il la rejeta. S'il tournait le dos à son adversaire, il était mort...

L'assassin s'immobilisa. Pikel ne put en faire autant ; pour ne pas rester à portée d'épée, il décida de charger. Le Masque de la Nuit tendit son arme devant lui ; le nain l'empoigna à mains nues et l'écarta.

Puis il ceintura l'homme de ses bras puissants et poussa de toutes ses forces sur ses jambes musclées.

A présent, l'assassin reculait. Pikel gagnait de l'élan et de la vitesse à chaque seconde. Son agresseur faisait bouclier, mais il lui bouchait aussi a vue. Le nain tenta de viser la porte.

Il la manqua largement ; l'auberge se retrouva avec une deuxième entrée.

*
* *

Danica heurta le sol plus fort qu'elle ne l'aurait voulu, mais elle réussit à se jeter derrière son adversaire. La lame du tueur le plus proche s'enfonça dans la poitrine de son compagnon.

Bondissant sur le lit, la jeune femme flanqua un coup à un autre Masque de la Nuit, qui se dirigeait vers elle. L'homme recula, se prit les pieds dans une couverture et trébucha. Danica se jeta sur lui, et d'un coup de coude en diagonale lui brisa la nuque. Puis elle releva la tête pour jauger la situation... Ce qu'elle vit ne lui plut pas.

Elle plongea entre les montants du lit. Un carreau d'arbalète se planta dans le mur, à l'endroit où elle se tenait une seconde auparavant.

*
* *

— Arrêtez !

Le mot avait jailli spontanément de la gorge de Cadderly. Le jeune érudit prit conscience de son pouvoir magique lorsque l'assassin qui se tenait au-dessus de lui s'immobilisa, la massue en l'air. L'arme n'était qu'à quelques pouces de la tête de sa victime.

Sans réfléchir, le jeune homme flanqua un coup de canne sur le genou de son adversaire, tout en lui jetant ses disques tournoyants dans la poitrine. L'assassin s'effondra.

— Le balcon ! hurla Danica.

D'autres Masques de la Nuit, certains armés d'arbalètes, venaient de jaillir dans l'encadrement de la porte. La jeune femme bondit vers son ami, le prit par le bras et donna un coup de pied dans la porte-fenêtre.

Le chant avait repris dans la tête de Cadderly, couvrant le vacarme du combat. Le jeune érudit saisit sa compagne par les cheveux et la tira en arrière. Surprise, Danica trébucha et tomba sur les fesses.

Cadderly lança ses disques, arrachant de justesse une dague menaçante des mains de son porteur. Puis il ramena son arme vers lui et la lança vers la poitrine du Masque de la Nuit.

Reculant sous l'impact, l'assassin bascula par-dessus la rambarde du balcon. Il poussa un hurlement et s'écrasa sur le dos vingt pieds plus bas.

*

* *

Pikel épousseta sa barbe pour en faire tomber les échardes.

— Mon frère !

Sa hache dans une main, la massue de Pikel dans l'autre, Ivan dévala l'escalier et fonça vers la fenêtre du rez-de-chaussée, à travers laquelle il passa.

Il se releva en grognant, à un pas de l'assassin. Celui-ci leva son arme pour le frapper, mais Pikel, toujours à terre, le saisit par les chevilles, et tira pour l'éloigner d'Ivan.

Le Masque de la Nuit se tortilla pour s'échapper ; Pikel se releva et commença à tourner sur lui-même, le soulevant du sol. L'homme réussit juste à ne pas lâcher son épée.

— Ooooooh ! grogna Pikel, tout rouge.

— Aaaaaaah ! hurla le tueur, voyant le porche de l'auberge passer à quelques pouces de sa tête.

Ivan regarda son frère ; son incrédulité se transforma en amusement. Il cracha dans ses mains et empoigna sa hache.

L'assassin remarqua ses préparatifs et, terrifié, agita

pitoyablement son épée. Ce faisant, son poignet heurta un pilier de bois. Son arme s'envola et alla s'écraser quelques pas plus loin dans la rue.

— Ooooh !

Pikel ne savait plus comment faire pour empêcher le monde de tourner autour de lui. Il commençait à avoir mal à la tête.

— Ooooh !

Soudain, le poids qu'il tenait s'envola. Le nain entra en collision avec le mur et regarda avec étonnement les deux bottes vides qu'il tenait.

L'assassin s'écrasa contre la balustrade et s'immobilisa. Ivan tendit sa massue à Pikel et se dirigea vers le Masque de la Nuit pour l'achever.

Un cri retentit plus bas dans la rue. Les deux nains firent volte-face, juste à temps pour voir quelqu'un passer par-dessus le balcon de la chambre de Cadderly.

Ils poussèrent un soupir de soulagement en constatant que ce n'était ni Danica ni le jeune érudit. Mais les bruits de combat qui s'échappaient de la fenêtre ne laissaient rien présager de bon.

Les nains se précipitèrent vers la *Braguette du Dragon.* La porte d'entrée était fermée, mais les frères Larmoire ne se laissaient pas arrêter par ce genre de détail. Pénétrer dans la grande salle avec un battant de bois devant eux s'avéra d'ailleurs une bonne chose, car une volée de carreaux d'arbalète salua leur entrée. Ils se plantèrent dans le bois sans leur causer de dommage.

*

* *

Un carreau érafla l'épaule de Cadderly ; un mince filet de sang coula le long de son bras. Deux Masques de la Nuit arrivaient derrière le jeune prêtre, deux autres attendaient sur le balcon, leurs armes luisant faiblement sous la lumière de l'aube.

L'un des hommes saisit Danica par la taille et la poussa sur le balcon. La jeune femme leva une main vers le visage de son assaillant et tenta de lui enfoncer ses doigts dans les yeux. Un autre assassin, qui avait entendu parler des prouesses de Danica, trouva une réponse vicieuse au problème : d'un coup de hache, il démolit un morceau de la rambarde de bois sur laquelle la jeune fille et son adversaire étaient appuyés.

Danica lâcha le Masque de la Nuit et battit désespérément des bras pour trouver une prise. Cadderly se précipita vers elle, mais un carreau l'atteignit à l'arrière de la cuisse. Fou de rage, il se retourna vers l'arbalétrier et, sans réfléchir, tendit un poing devant lui.

— *Fete !*

Une gerbe de flammes jaillit de sa main et carbonisa son adversaire.

Cadderly poussa un cri d'horreur et baissa le bras. Puis il fit volte-face et flanqua un violent coup de canne sur le bras du tueur. Il se moquait bien de lui faire mal ; ce qu'il voulait, c'était se rapprocher de l'homme à la hache qui avait fait tomber Danica.

Une fois de plus, son entêtement lui coûta cher. Avant qu'il ait pu faire un pas, de puissantes mains le saisirent aux épaules et le poussèrent vers le balcon.

*
* *

Ivan jeta la lourde porte sur le sol avec la ferme intention de foncer vers l'escalier. Une vision macabre, sur sa droite, le ralentit ; lorsqu'il chargea à nouveau, sa fureur s'en trouva décuplée.

Pikel aperçut des silhouettes sombres agenouillées en haut des marches.

— Oh oh, marmonna-t-il.

Il se précipita vers l'abri le plus proche, à savoir le bar, et eut la surprise de s'y trouver nez à nez avec un Fredegar Harriman terrifié. Un instant, le nain crut que l'aubergiste allait lui casser une bouteille sur la tête. Mais il réussit finalement à lui faire comprendre qu'il n'était pas son ennemi.

Un carreau d'arbalète ricocha sur le tranchant de la hache d'Ivan. Un autre l'atteignit à la tête, l'étourdissant malgré son casque à andouillers. Le nain changea alors d'avis et plongea sous l'escalier, manquant s'assommer sur un des piliers. Le temps qu'il comprenne qu'il ne s'agissait que d'un inoffensif morceau de bois, et pas d'un tueur , il l'avait déjà débité en allumettes.

Il laissa retomber sa hache et rougit. Puis une idée lui vint. Souriant de toutes ses dents, il s'attaqua à l'un des quatre piliers restants.

*

* *

S'accrochant de toutes ses forces à l'étroite corniche de bois, Danica se débattait pour se débarrasser du Masque de la Nuit obstinément agrippé à sa taille. Finalement, elle réussit à dégager une de ses jambes et écrasa sa botte sur la figure de son adversaire. Celui-ci, qui ne se trouvait plus qu'à douze pieds du sol, préféra tout lâcher et atterrit sans dommages sur les pavés.

Danica voulut effectuer un rétablissement pour rejoindre Cadderly, mais la corniche céda à une extrémité, décrivant un arc de cercle et projetant la jeune femme sur un balcon voisin. La guerrière ne put s'arrêter car elle avait trop d'élan.

Se rattrapant de justesse à la gouttière, elle tourna vivement la tête. Cadderly avait disparu au milieu des assassins. Sur le balcon, deux arbalétriers épaulaient leurs armes.

La jeune femme n'avait pas le choix. Elle se hissa sur le toit en grimaçant. Son genou droit lui faisait mal ; elle avait dû se le tordre au début du combat.

— Cadderly, murmura-t-elle, affolée.

La situation lui rappelait ce qui s'était passé dans la forêt de Shilmista, lorsqu'elle avait été obligée d'abandonner son bien-aimé en espérant qu'il s'en tirerait tout seul.

Se courbant, elle se dirigea vers un endroit d'où elle pourrait se laisser tomber sur le balcon de la chambre. A mi-chemin, elle entendit craquer la gouttière derrière elle, et fit volte-face.

— C'est ça, monte donc, grogna-t-elle en se préparant à flanquer un bon coup sur la tête de son poursuivant.

Il ne lui vint pas à l'idée que la bande de tueurs avait pu poster quelqu'un sur le toit.

Le déclic d'une arbalète retentit derrière elle.

— Vous vous êtes vaillamment battue, dame Maupoissant, dit une voix de baryton, mais vos efforts étaient inutiles contre les Masques de la Nuit.

*
* *

Cadderly heurta la rambarde et lâcha sa canne de marche. Il parvint tout juste à conserver son équilibre et à faire volte-face ; deux assassins s'avançaient vers lui, un sourire mauvais aux lèvres. Le jeune érudit songea à se laisser tomber du balcon. La chute ne le tuerait probablement pas, mais un autre homme était posté en bas qui s'en chargerait.

— Adieu, jeune prêtre, dit un des tueurs en levant sa hache.

Cadderly voulut lancer un sort, mais son deuxième adversaire abattit une massue sur son épaule blessée, le déconcentrant.

Le jeune homme jeta un regard désespéré autour de lui. Il y avait bien une étroite corniche de pierre qui faisait le tour du bâtiment, mais il aurait fallu être un écureuil, comme son ami Percival, pour arriver jusque là.

Tant pis ! Cadderly bondit sur l'étroit passage et commença à courir à quatre pattes.

— Rattrapez-le ! hurla l'un des assassins.

Le jeune érudit arriva au coin du bâtiment. La ruelle ne faisait que dix pieds de large, mais la seule prise apparente, sur la maison d'en face, se trouvait trois pieds plus haut. Cadderly enregistra mentalement cette donnée, mais il était trop tard pour modifier sa course.

Il bondit, impossiblement haut, impossiblement loin. Sans ralentir, il escalada le mur jusqu'au toit, puis disparut entre les cheminées.

*

* *

Jetant un coup d'œil par-dessus le bar, Pikel vit un des tueurs bondir vers lui. Il se releva, la massue à la main, prêt à accueillir son adversaire comme il se devait.

— Attrapez ! cria Fredegar derrière lui.

Pikel fit volte-face — une bouteille, bourrée d'un chiffon enflammé volait vers lui.

— Oï oï ? glapit-il, étonné.

Mais au lieu de tendre la main pour saisir le projectile, il s'écarta de sa trajectoire et, levant sa massue bien haut, lui flanqua un coup magistral qui la transforma en mini-boule de feu. L'assassin qui approchait reçut une pluie d'éclats de verre et de liquide brûlant.

— Oï oï ! s'exclama joyeusement le nain en voyant l'homme se rouler sur le sol pour tenter d'éteindre les flammes.

Le Masque de la Nuit se dirigea en courant vers la porte. Visiblement, il n'avait plus le cœur à l'ouvrage.

Pikel bondit sur le comptoir — puis retomba dans sa cachette en voyant les arbalétriers se tourner vers lui.

*

* *

La seule erreur de l'astucieux Ivan fut d'avoir gardé le pilier central pour la fin. Donnant son dernier coup de hache, le nain réalisa qu'il se trouvait sous la lourde structure de bois.

L'escalier et les deux Masques de la Nuit qui s'y trouvaient s'abattirent sur sa tête.

Lorsque Ivan émergea, un seul tueur s'était remis sur pied. Le nain poussa un rugissement et tenta de projeter sa hache en avant, pour s'apercevoir que la lame était enfoncée dans une poutre.

Le Masque de la Nuit, contusionné mais pas blessé, sortit son épée courte.

Ivan tira de toutes ses forces, libéra son arme et la propulsa vers l'estomac de son assaillant. Celui-ci ne réalisa pas ce qui lui arrivait avant de s'effondrer, les tripes dégoulinant sur le sol.

— Ça fait mal, hein ? marmonna Ivan avec un haussement d'épaules.

*

* *

Pikel bondit sur le comptoir et hésita. Deux silhouettes vêtues de noir sortaient de la chambre de Cadderly et se dirigeaient en courant vers l'escalier.

Le nain poussa un gémissement. Ceux-là aussi portaient des arbalètes. Et ils se tenaient au-dessus d'Ivan.

# CHAPITRE XVI

## MÊLÉE

Les Masques de la Nuit !

Les mots s'enfoncèrent dans le cœur de Danica aussi sûrement qu'un carreau d'arbalète. Les Masques de la Nuit, cette guilde d'assassins originaire de Port-Ponant, qui avaient tué ses parents une dizaine d'années plus tôt. Une foule de questions se pressèrent dans la tête de la jeune femme. Etaient-ils venus pour elle ? Travaillaient-ils pour l'organisation qui avait envoyé Barjin à l'Edifiante Bibliothèque et l'armée gobelinoïde à Shilmista ?

Faute de réponse, Danica sentit la colère monter. Alors, elle se tourna pour faire face à l'arbalétrier. Celui-ci était couvert d'ecchymoses et de coupures, la moitié de son visage avait viré au pourpre et ses bras étaient piquetés d'échardes. Bizarrement, il ne portait pas de chaussures.

— Je ne vous demanderai pas votre reddition, grogna-t-il en agitant son arme. Pas de pitié. Pas après que les nains...

Il secoua la tête au souvenir de son précédent combat.

— Ne vous inquiétez pas. De toute façon, j'aurais refusé, cracha Danica.

Elle plongea en avant et effectua un roulé-boulé. L'arbalète cliqueta, quelque chose s'enfonça dans son flanc, mais elle était trop furieuse pour se soucier d'une blessure.

La jeune femme se releva à l'endroit où l'homme se tenait quelques secondes avant de prendre la fuite. Elle s'élança sur ses talons. L'assassin fit volte-face ; Danica sauta, lui flanquant un puissant coup de pied dans l'entrejambe.

Puis elle saisit son adversaire par les cheveux et lui écrasa la figure sur son genou. Le nez de l'homme éclata, la moitié de ses dents s'envolèrent.

*Les Masques de la Nuit !*

Danica recula et pivota sur une jambe, décochant à son malheureux ennemi un coup de pied si violent qu'elle lui brisa le cou.

Haletante, le visage rouge de fureur, elle s'arrêta pour reprendre son souffle. Deux autres assassins se montrèrent.

Trop d'émotions assaillaient la jeune femme blessée. L'apparition de la bande de tueurs faisait resurgir dans sa mémoire des souvenirs douloureux.

Qu'était-il arrivé à Cadderly ? Les Masques de la Nuit l'avaient-ils encore privée de ce qu'elle aimait le plus au monde ?

Danica s'enfuit, des larmes plein les yeux, les deux hommes vêtus de noir sur ses talons.

*

* *

Ivan regarda le carreau d'arbalète enfoncé dans le sol

à quelques pouces de son pied. Avec lenteur, il leva les yeux vers les deux arbalétriers perchés au premier étage.

Le désespoir mit au jour de nouvelles ressources dans l'esprit de Pikel. Ivan — son frère ! — était sur le point de mourir. Le nain parcourut la salle du regard, cherchant quelque chose d'utile.

Le comptoir... les restes de l'escalier... un cadavre ( beurk, des intestins )... Ivan... le vide... des assassins... un lustre...

Un lustre ? Un lustre au-dessus de l'arbalétrier qui se préparait à tirer ! L'aubergiste avait dû le descendre pour changer les bougies. Il suivit la lourde chaîne des yeux. Par bonheur, elle était attachée près du bar.

Le tueur qui visait Ivan leva la main en un signe moqueur d'adieu.

Pikel bondit vers la chaîne et donna un coup de massue dedans. L'espace d'un instant, les maillons restèrent maintenus par un unique crochet. Puis celui-ci céda. Avec un grincement d'enfer, la chaîne se déroula.

— Qu'est-ce que... ? balbutia l'arbalétrier en levant la tête.

Le lustre l'atteignit à l'épaule, l'envoyant s'écraser aux pieds d'Ivan. Et comme si les dieux avaient décidé de lui faire quelque farce macabre, le nain entendit une seconde plus tard le déclic de l'arbalète.

— Hi, hi, hi ! gloussa Pikel.

*

* *

Ses disques tournoyants à la main, le jeune érudit s'élança sur le toit du bâtiment voisin, sans remarquer que sa blessure à la cuisse ne le faisait plus souffrir.

Danica s'enfuyait en boitant dans la direction opposée. Deux assassins vêtus de noir la poursuivaient, gagnant du terrain à chaque pas.

Cadderly se précipita de l'autre côté du toit, à l'endroit où la ruelle débouchait sur une vaste artère. Deux marchands levèrent la tête et le regardèrent, les yeux écarquillés, puis tendirent l'index dans sa direction en criant quelque chose.

Trop furieux pour réfléchir, Cadderly se laissa glisser tête la première le long du mur. Une main après l'autre, un pied après l'autre, il traversa la ruelle en courant le long d'une corde servant de support à une enseigne. Il entendit des cris de surprise, mais ne réalisa pas qu'il en était l'objet. De nouveau sur le toit de l'auberge, le jeune prêtre chargea, tout son esprit concentré sur une seule chose : Danica.

Il la vit sauter sur le toit d'un bâtiment adjacent, trébucher sur une corniche et poursuivre son chemin. Déjà, les assassins la rattrapaient.

— Non ! voulut crier Cadderly.

Mais les mots sortirent de sa bouche sous la forme d'un étrange couinement.

Sans ralentir, les yeux fixés sur son objectif, il bondit au secours de sa bien-aimée.

*

* *

Le dernier arbalétrier avança jusqu'à la chambre de Cadderly. Arrivé devant la porte, il s'arrêta, frappé par l'épouvantable odeur de chair brûlée qui s'échappait de la pièce.

Utilisant la chaîne du lustre comme une corde, Pikel se hissa au premier étage.

Quatre hommes vêtus de noir sortirent en se bousculant de la chambre et se précipitèrent vers le nain. Celui-ci fronça les sourcils, alarmé. Mais les Masques de la Nuit n'avaient plus envie de se battre. Voyant l'état de l'escalier, ils se laissèrent tomber au rez-de-chaussée.

Pikel songea un instant à les poursuivre. Alors il entendit une porte s'entrouvrir et quelqu'un psalmodier. Lorsqu'il retrouva ses esprits, il était allongé sur le sol à quelques pas de l'endroit où il se tenait auparavant. Son flanc le brûlait ; ses cheveux étaient dressés en l'air.

*Mon frère !* Pikel répéta ces mots dans sa tête pour combattre la nausée qui le gagnait. Il ne pouvait pas se permettre de rester à terre pendant qu'une nuée d'assassins fondaient sur Ivan...

Ce dernier vit un homme atterrir à côté de lui. Il chercha sa hache du regard, sans la trouver. L'assassin tira son épée, un sourire menaçant sur les lèvres.

— Oï oï ! hurla Pikel en sautant du premier étage.

Le Masque de la Nuit leva les yeux, plongea sur le côté et évalua la situation en se remettant debout. Un seconde de réflexion... puis il emboîta le pas à ses camarades, qui avaient fui dans la rue.

Pikel tomba sur Ivan ; les deux frères roulèrent ensemble sur le sol.

Le nain à la barbe blonde s'assit, à moitié étourdi, et jura en repoussant Pikel.

— Si tu crois que je vais te remercier, tu peux toujours courir, grommela-t-il entre ses dents.

*

* *

Danica et ses poursuivants avaient disparu dans un creux, entre deux toits. L'un des tueurs émergea quelques secondes plus tard et s'éloigna en courant.

Cadderly pressa le pas.

Lorsqu'il arriva près de sa bien-aimée, le deuxième homme était à terre et Danica le frappait à coups de pied et de poing. Des gouttes de sang et de sueur volaient à chacun de ses mouvements.

— Je crois qu'il est mort, fit remarquer Cadderly.

Danica s'interrompit, haletante. Les joues baignées de larmes, elle fit volte-face et se jeta dans les bras du son amant. Puis elle leva vers lui un regard incrédule et bondit en arrière.

— Qu'est-ce que... ? balbutia-t-elle en reculant.

Cadderly baissa les yeux vers ses bras. Ils s'étaient changés en pattes d'écureuil.

# CHAPITRE XVII

## MENTOR

— Reprends ton aspect normal, supplia Danica.

Cadderly regarda sans comprendre ses membres couverts de fourrure blanche.

— Je... je ne peux pas, admit-il à voix basse, les yeux écarquillés d'horreur. Je ne peux pas.

Danica fit un pas en avant, mais la douleur l'obligea à se plier en deux. Elle tomba à genoux, les mains pressées sur sa blessure.

— Je vais te soigner, dit aussitôt Cadderly.

— Avec des pattes d'écureuil ? objecta la jeune femme. Reprends ton aspect humain, je t'en supplie.

Le jeune érudit examina ses bras. Il se sentait atrocement déçu, comme si son dieu, ou sa magie, l'avait trahi. Danica avait besoin de lui et il ne pouvait rien pour elle...

Il fouilla dans sa mémoire, se repassant mentalement chaque page du *Grimoire de l'Harmonie Universelle.* Rien de relatif à cette étrange transformation. Puis, le chant, dans sa tête, lui souffla un mot : le nom de la seule personne au monde qui pouvait l'aider à comprendre.

— Pertélope, dit-il, ébahi.

Danica lui jeta un regard intrigué.

— Pertélope, répéta le jeune érudit sur un ton plus assuré. Elle sait.

— Elle sait quoi ? demanda la jeune femme, les dents serrées.

Cadderly ne pouvait répondre à la question, mais il sentait que le chant ne lui mentait pas.

— Je dois aller la voir.

— Mais elle est à la Bibliothèque, protesta Danica. Il te faudra trois jours pour...

D'un geste, Cadderly lui imposa le silence. Il ferma son esprit et se concentra sur la mélodie. Il sentit les notes voler, l'invitant à se joindre à elles ; il les laissa l'emporter. Le monde devint un paysage de rêve, flou et surréaliste. Le jeune érudit aperçut les portes de Carradoon et la route qui se dirigeait vers la montagne. Il suivit les pistes, franchit les cols, puis vit la Bibliothèque se rapprocher à une allure vertigineuse. Traversant les murs couverts de lierre, il pénétra dans la chambre de Pertélope. La tapisserie qu'il avait dérobée quelques mois plutôt afin de permettre à Ivan de recopier le dessin d'une arbalète drow était toujours à sa place, accrochée sur le mur.

— Je t'attendais, dit la principale.

Vêtue de sa robe noire, elle était assise au bord du lit. Elle détailla la forme éthérée de Cadderly et écarquilla les yeux en voyant ses membres d'écureuil.

— Aidez-moi, supplia le jeune érudit.

Pertélope lui sourit.

— Je vois que tu as trouvé le chemin de l'Affinité. Une pratique puissante, et qui n'est pas sans danger.

Cadderly n'avait aucune idée de ce qu'elle voulait dire. Affinité ? Jamais il n'avait entendu prononcer ce mot dans un tel contexte...

— Le chant s'élève pour toi, expliqua Pertélope, et souvent sans que tu le lui demandes. Lorsque je t'ai donné le *Grimoire de l'Harmonie Universelle*, je savais qu'il en serait ainsi. Et je me doutais que tu ne mettrais pas longtemps à déchiffrer la signification des notes.

— Mais je n'y suis pas arrivé, protesta Cadderly. Il se passe des choses autour de moi, en moi... ( Il regarda ses membres translucides et secoua la tête. ) ce n'est pas moi qui les provoque. Je n'arrive pas à les contrôler !

— Bien sûr que si, répliqua Pertélope. Le livre n'est que le véhicule de l'énergie magique que te confère Dénéir. Tu invoques et guides cette énergie. Elle répond à ton appel et se plie à ta volonté.

Cadderly en doutait. Si tel était le cas, pourquoi ne pouvait-il pas reprendre forme humaine ?

— Pour l'instant, tu ne maîtrises pas encore ton nouveau pouvoir, reprit Pertélope comme si elle avait lu dans ses pensées. Tu n'es qu'un novice dépourvu d'entraînement qui se retrouve doté d'une puissance incroyable...

— Une puissance qui vient de Dénéir ? demanda le jeune érudit, dubitatif.

— Evidemment.

— Mais pourquoi me l'offrir ? Qu'ai-je fait pour la mériter ?

Pertélope éclata de rire.

— Tu es son véritable disciple. Ne mesure pas ta foi en termes de rituels et de respect des usages ; estime-la en fonction de ton cœur, de ta morale et de ton amour. Tu es un érudit, ton esprit curieux et inventif le prouve. C'est cela que Dénéir récompense.

— Pas si j'en crois Avery, protesta Cadderly. Combien de fois a-t-il menacé de me mettre à la porte pour avoir manqué à mes devoirs !

— Personne ne pourra te « mettre à la porte » de ta vocation religieuse, expliqua Pertélope.

— Ma vocation religieuse ? répéta le jeune homme, incrédule. Mais je n'en ai jamais eu !

— C'est absurde. De tous les gens que j'ai rencontrés, tu es celui qui suit le mieux les préceptes de Dénéir. C'est cela que je qualifie de vocation. Douterais-tu de tes propres pouvoirs ?

— Non, seulement de leur source, s'entêta Cadderly.

— Ils te viennent de Dénéir.

— Ça, c'est ce que vous croyez.

— Tu y viendras, avec le temps. Notre dieu enseigne l'indépendance, l'exercice du libre arbitre, l'usage de l'intelligence. Tu doit douter de tout, de l'existence des divinités, du but de ton passage en ce monde. Si tu étais capable de suivre aveuglément les rituels, tu ne vaudrais pas mieux que le bétail qui broute dans les champs de Carradoon. Dénéir est un dieu pour les artistes, les poètes et les libres-penseurs. Les questions ont plus de valeur que leurs réponses, elles sont ce qui nous permet de grandir...

Cadderly avait besoin de croire Pertélope. La principale parlait comme si elle s'était trouvée dans la même situation, et qu'elle avait résolu son dilemme.

— Tu as été choisi. Tu entends le chant et tu finiras, avec le temps, par déchiffrer ses notes, par comprendre ta place dans cette chose étrange que nous nommons l'univers.

— Je suis un magicien, s'obstina Cadderly.

— Non !

C'était la première fois depuis le début de la conversation que la principale semblait sur le point de se mettre en colère. Le jeune érudit jugea plus sage de ne pas poursuivre dans cette voie.

— Tes dons magiques sont de nature cléricale. Ce que tu as fait, les autres prêtres sont capables de l'accomplir.

Cadderly réfléchit. Les miracles auxquels il avait

assisté ressemblaient à des sorts de prêtre. Même l'Affinité n'était pas si éloignée des capacités de métamorphose des druides. Pourtant, il existait une différence...

— Mais je ne prie pas, objecta-t-il. Je ne me lève pas le matin en sentant que je vais pouvoir créer de la lumière, ou que j'aurai envie de me transformer en écureuil.

— Tu lis le grimoire, c'est une forme de prière. Et tu n'as pas besoin de mémoriser des sorts : tu entends le chant. Tu es l'un des rares élus, Cadderly. Je m'en doute depuis des années, mais depuis quelques semaines je sais que tu prendras bientôt ma place.

— De quoi parlez-vous ?

La mâchoire inférieure du jeune érudit tomba lorsqu'il vit Pertélope commencer à se déshabiller sous ses yeux. Son étonnement crût quand la principale lui révéla un torse plat couvert d'une peau grise ornée de piquants.

— J'ai été élevée près de la Côte des Epées, au bord de la mer, expliqua Pertélope. Mon père était pêcheur ; je l'accompagnais souvent pour l'aider à relever ses filets. J'ai trouvé l'Affinité en compagnie des requins, comme tu l'as trouvée auprès des écureuils, et de Percival en particulier. Je m'émerveillais des mouvements gracieux de ces créatures tellement honnies. Mais la pratique de l'Affinité n'est pas sans danger. J'ai succombé, comme les autres, à la Malédiction du Chaos. J'ai cédé à mon Affinité sans prendre la moindre précaution...

Cadderly frémit, songeant à ce que cette femme, qui avait toujours été une amie très chère, avait enduré à cause de lui. Mais la voix de Pertélope ne contenait pas le moindre reproche.

— Ma transformation est désormais permanente, dit-elle, promenant une main le long de son bras gauche.

( Du sang perla sur sa paume. ) Elle est également douloureuse, car mon corps est à moitié humain et à moitié poisson. L'air que je respire m'empoisonne, comme le ferait l'eau de mer si je m'y plongeais. Je n'ai plus de place en ce monde, mon cher petit. Je suis en train de mourir.

— Non !

— Si. Je ne suis plus très jeune, et j'ai longtemps peiné sur ce chemin ardu que l'on nomme la vie. La Malédiction du Chaos a précipité ma mort, mais je ne me suis raccrochée pour une seule raison : pour toi, Cadderly, mon successeur.

— Je refuse...

— Tu ne peux pas, répondit la principale. Une fois qu'il a commencé à se faire entendre, le chant ne s'arrête plus.

Le jeune érudit la regarda en silence, horrifié.

— Tu finiras par découvrir les limites de ton pouvoir, car il en a, n'en doute pas. Tu n'es pas invincible. Tu n'es pas tout-puissant. Tu n'es pas un dieu.

— Je n'ai jamais dit...

— Seule l'humilité te sauvera, coupa la principale. Mets ton pouvoir à l'épreuve, mais fais-le avec prudence... sinon il t'épuisera et emportera un peu de toi-même chaque fois que tu l'invoqueras.

*

* *

— Tu allais quelque part ? chuchota Fantôme à Bogo Rath.

Le jeune mage traversait le couloir de la *Braguette du Dragon*, un sac à la main. L'assassin sortit de la chambre de Cadderly et lui fit signe de le suivre dans la sienne.

— Quelqu'un a appelé la garde, expliqua Bogo. Cet endroit ne tardera pas à grouiller de miliciens.

— Et alors ? ricana Fantôme. Que crois-tu qu'ils trouveront ? ( Il sourit à l'idée qu'il venait de poser le corps de Brennan près du lit de Cadderly. ) Certainement rien qui nous implique.

— J'ai frappé le nain à la barbe verte d'un éclair, dit le magicien.

— Mais il ne t'a pas vu, sinon tu serais mort. Il est en bas avec Fredegar.

Bogo se détendit.

— Cadderly et Danica se sont-ils enfuis ?

Fantôme haussa les épaules, incapable de répondre.

— Temporairement, peut-être. Mais les Masques de la Nuit sont sur leur piste ; ils ne s'arrêteront que lorsque le jeune prêtre sera mort.

— Dans ce cas, je peux rentrer à Château-Trinité, avança Bogo, plein d'espoir.

— Non. Si tu pars maintenant, tu éveilleras les soupçons. Et si Cadderly réussit à se débarrasser de mes hommes, il reviendra ici. L'auberge reste le meilleur endroit d'où observer la suite des événements. Aide les gardes à enquêter, poursuivit Fantôme avec un sourire ironique. Dis-leur que tu t'y connais un peu en magie, et que tu as vu un éclair partir dans le couloir... Les nains confirmeront ton récit...

Bogo lui jeta un regard soupçonneux, puis se renfrogna en se souvenant que Kierkan Rufo était toujours dans les parages. Le prêtre en savait assez pour le faire exécuter à vue.

— Qu'y a-t-il ? demanda Fantôme.

— L'autre prêtre.

— Lui ? Il ne peut rien dire sans s'accuser. Et d'après ce que tu m'as raconté, il est trop peureux pour ça.

— C'est vrai, mais je ne pense pas qu'il soit sage de rester ici. Nous avons sous-estimé Cadderly et ses amis.

— Sans doute, acquiesça Fantôme, mais ne commets pas l'erreur inverse. Le jeune prêtre gît peut-être mort dans une impasse. Maintenant, retourne dans ta chambre ou va assister les enquêteurs, comme tu veux. Mais ne dis rien à Rufo. Mieux vaut le laisser mariner dans sa culpabilité et sa terreur.

Bogo hocha la tête et disparut.

La confiance apparente de Fantôme s'effaça. Les choses devenaient affreusement compliquées. Même s'il parvenait au bout de sa mission, il avait déjà perdu plus de la moitié de ses hommes...

Mais, le danger faisait partie du jeu. Un nouveau défi pour un artiste comme lui. Et il restait toujours le *Ghearufu*. En cas de péril, il n'aurait qu'à se transférer dans le corps de Vander, à l'extérieur de la ville.

*
* *

Cadderly fut soulagé de retrouver Danica là où il l'avait laissée, sur le toit de la *Braguette du Dragon*. Le visage de la jeune femme était livide ; un carreau d'arbalète dépassait de son flanc droit baigné de sang.

Au lieu de s'avancer vers elle, Cadderly ferma les yeux et ramena le chant de Dénéir dans son esprit. Il laissa défiler les notes jusqu'au passage qu'il entendait au moment où il s'était changé en écureuil.

Il remua les lèvres. Lorsqu'il releva les paupières, Danica souriait.

Ses membres étaient redevenus normaux.

— On dirait que tu as trouvé tes réponses, dit doucement la jeune femme.

— Oui. Avec d'autres questions, répondit Cadderly avec une grimace.

Il remit ses disques tournoyants dans sa poche et s'agenouilla à côté de sa bien-aimée.

— Tu étais en train de parler, mais pas à moi. On aurait dit la moitié d'une conversation...

— Je conversais avec Pertélope. J'étais... du moins, ma conscience était de retour à la Bibliothèque.

Sans tenir compte du regard incrédule de son amie, il rappela le chant. Il semblait plus distant cette fois ; s'il faisait appel à lui, sa fatigue serait grande. Mais peu importait : la santé de Danica passait avant le reste.

Cadderly se concentra sur la blessure, serra les dents et psalmodia.

Danica gémit. Un nuage de fumée noire s'éleva de son flanc. Lorsqu'il se dissipa, la plaie avait disparu.

La jeune femme se redressa. Elle ne savait pas comment remercier Cadderly.

— Tu es blessé ? s'enquit-elle avec inquiétude.

Le prêtre secoua la tête et lui prit le bras.

— Nous devons partir d'ici.

Il se pencha pour jeter un coup d'œil dans la rue. Des bruits de sabots se dirigeaient vers l'auberge.

— La garde est en route, expliqua Danica. Les miliciens vont avoir besoin d'informations.

— Pas le temps. J'ai besoin de calme et de solitude.

— Mais nous n'avons nulle part où aller !

Cadderly ferma les paupières et se concentra. Danica écarquilla les yeux en se sentant devenir immatérielle. Ensemble, ils se laissèrent porter par les vents jusqu'au bord du lac.

*

* *

Quelques minutes plus tard, Bogo Rath se glissait hors de la *Braguette du Dragon*, passant en courant devant les nains et l'aubergiste ébahis. Il avait décidé que les présomptions de Fantôme ne valaient pas qu'il risque sa vie. De plus, fuir après une telle tragédie aurait l'air parfaitement normal.

Les miliciens lui demandèrent de rester en ville pendant le temps de l'enquête. Le jeune mage leur indiqua une auberge deux pâtés de maisons plus loin, promettant de se tenir à leur disposition.

En réalité, il n'avait l'intention de demeurer à Carradoon que le temps d'étudier ses sorts et de s'assurer que personne ne risquait d'empêcher son départ.

# CHAPITRE XVIII

## REFLETS DANS L'EAU

L'aube se levait, et le Lac Impresk était couvert de brume. Le pont de pierre reliant le continent à la partie insulaire de la ville surplombait le petit bateau comme un géant sinistre.

Les deux amants glissaient silencieusement sur l'eau. Le jeune érudit était perdu dans ses pensées. Il avait carbonisé un homme et poussé un autre par-dessus le balcon de sa chambre, l'abandonnant pour mort. Il n'avait pas vraiment eu le choix — mais cela n'effaçait pas sa culpabilité. Il avait tué des êtres vivants.

Ces hommes avaient peut-être une famille qui attendrait en vain leur retour.

Assise à la proue, Danica était plongée dans ses pensées. Plus habituée aux combats que son compagnon, c'était surtout la cause de l'attaque qui l'inquiétait.

Cadderly saisit les rames et éloigna leur embarcation du pont. Puis il se tourna vers Danica.

— Les Masques de la Nuit, grommela la jeune fille.

( Le jeune homme la regarda sans comprendre. Ce nom ne lui disait rien. ) C'est une guilde d'assassins originaires de Port-Ponant. Ils sont parmi les plus célèbres des Royaumes. Nous avons de la chance d'être encore en vie, d'autant que c'est la deuxième fois cette semaine que je leur échappe. ( Son compagnon ouvrit de grands yeux. ) Durant le voyage, Ivan, Pikel et moi avons été attaqués par un groupe de cinq hommes.

— Il y a toujours des bandits dans la montagne...

— Oui, mais je suis certaine qu'il y un rapport entre les deux agressions.

— Ça ne tient pas debout. Pourquoi une guilde d'assassins de Port-Ponant nous en voudrait-elle ?

— Nous ? répéta la jeune fille. Non, ils n'en ont qu'après moi. Ce sont eux qui ont tué mes parents il y a dix ans. Ils sont venus terminer le travail.

Cadderly n'en croyait pas un mot. Il fronça les sourcils.

— Avant-hier, tu as fait un mauvais rêve. Je t'ai trouvée allongée sur le sol, terrifiée. Raconte-moi ce cauchemar.

— Je ne me souviens pas de grand-chose...

Son expression disait clairement qu'elle ne voyait pas le rapport avec leur situation actuelle. Mais Cadderly semblait savoir ce qu'il faisait. Il sortit ses disques et les leva devant le visage de la jeune femme. D'une pichenette, il leur imprima un mouvement de rotation. Le centre cristallin scintilla dans la lumière de l'aube.

— Concentre-toi, ordonna-t-il. Laisse-moi pénétrer dans ton esprit et, par pitié, n'utilise pas tes talents pour me bloquer.

— Qu'espères-tu découvrir ? objecta Danica. Ce n'était qu'un rêve.

— Vraiment ?

La jeune femme haussa les épaules. Après tout, elle avait vu des Masques de la Nuit dans son cauchemar.

Elle se détendit et focalisa son attention sur les disques. Cadderly ferma les yeux et écouta le chant lui souffler les mots d'un sort d'hypnose.

Les épaules de Danica s'affaissèrent tandis qu'il psalmodiait. Ses paroles se transformèrent en questions auxquelles la jeune femme répondit plus par son attitude que par de véritables phrases.

Danica cligna des yeux. Combien de temps s'était écoulé depuis le début de leur expérience ? Cadderly l'ignorait, mais il était maintenant persuadé que sa compagne avait vécu quelque chose de très important.

— Ce n'était pas un rêve, annonça-t-il.

Il se souvint de ce que la jeune femme lui avait révélé : son impression de quitter une sphère de ténèbres qui représentait son identité. Cette image rappelait à Cadderly son expérience télépathique avec le démon Druzil et la sorcière Dorigène. Se pouvait-il que ces deux ennemis soient à l'origine de leurs nouvelles mésaventures ?

Il mit la main dans sa poche, tâtant l'amulette prise à Rufo dans la forêt de Shilmista. Grâce à ce bijou, que Druzil avait placé sur le prêtre pour améliorer leur communication mentale, Cadderly avait senti la présence du démon dans les bois. Cela faisait plusieurs semaines que celui-ci n'avait pas donné signe de vie, mais savait-on jamais...

Le jeune érudit se concentra. Non. Druzil ne se trouvait pas à proximité, mais Dorigène pouvait l'être.

*Une possession ?*

Une autre image lui revint à la mémoire : celle de Sans-Nom le mendiant et des ombres perchées sur ses épaules. Brennan avait la même aura la dernière fois qu'il l'avait vu. Peut-être le chant de Dénéir ne lui avait-il pas menti ; la tentative de possession visant Danica n'était peut-être pas la première.

— Qu'y a-t-il ? s'enquit la jeune femme.

— Ils ne sont pas venus pour toi, répondit Cadderly. Ils étaient là avant ton arrivée, autour de moi, tout près. ( Il soupira en pensant à Sans-Nom et Brennan. ) Trop près, je le crains.

Danica ouvrit la bouche pour répondre, mais la referma aussitôt et pencha la tête. Puis, sans crier gare, elle se leva et fit volte-face. Bien qu'assis au centre de l'embarcation, Cadderly manqua passer par-dessus bord.

— Entêté ! s'écria la jeune fille en saisissant le poignet de l'homme qui essayait de lui planter une dague dans le dos.

Elle tira sur le bras de son adversaire et replia sa main en arrière pour la briser.

Cadderly tenta de se mettre debout, mais le bateau tanguait et il ne réussit qu'à se cogner la tête contre une des rames. Puis, voyant un couteau jaillir sur le flanc de l'embarcation et le manquer, il réalisa que le roulis n'était pas une si mauvaise chose.

Le jeune homme enroula la ficelle de ses disques tournoyants autour de sa main. Un second assassin essayait de grimper par la poupe.

En dépit des conditions défavorables, Danica n'avait aucun mal à garder l'équilibre. Elle parvint à désarmer son adversaire, dont la dague tomba au fond de l'eau. Puis elle lança une jambe, crocheta le cou de l'assassin et lui écrasa la gorge contre le plat-bord. Les yeux exorbités, l'homme ouvrit la bouche pour respirer.

Cadderly projeta ses disques en avant. Le Masque de la Nuit hurla, porta les mains à son ventre et bascula dans le lac, entraînant une rame dans sa chute.

Le bateau tangua si fort que le jeune érudit craignit qu'il se retourne. Danica et lui étaient si vulnérables ! De l'eau passa par-dessus bord. Cadderly fixa l'homme tombé dans l'eau. Il se raccrochait à la rame, ce qui lui donna une idée.

L'adversaire de Danica cessa soudain de se débattre ; une expression sereine s'afficha son visage. La jeune femme comprit et le lâcha. Le cadavre glissa dans le lac.

Danica se retourna vers Cadderly et, horrifiée, le vit disparaître sous l'eau, pris dans l'étreinte d'un tueur.

Mais ce n'était pas fini : un autre bateau approchait.

Un carreau d'arbalète siffla dans l'air à quelques pouces du visage de Danica, qui plongea au fond de l'embarcation. Elle devait aller aider Cadderly, mais comment ?

Un cri retentit. La jeune femme jeta un coup d'œil par-dessus bord. Le Masque de la Nuit, blessé par Cadderly, se battait contre un long boa constrictor. L'homme réussit à se dégager et nagea à toute allure vers le bateau. Le serpent entreprit de le poursuivre.

Malgré la gravité de la situation, Danica sourit. Elle ne doutait pas que l'apparition de l'étrange animal soit due aux pouvoirs de Cadderly.

La jeune femme s'agenouilla. Assis à la proue de l'autre embarcation, un homme la visait avec son arbalète. Elle fit mine de se mettre debout, puis se laissa tomber et entendit le carreau passer au-dessus de sa tête.

Elle avait maintenant le temps de plonger pour secourir Cadderly. Mais avant qu'elle puisse mettre son plan à exécution, l'assaillant du jeune érudit sortit la tête de l'eau, les yeux affolés et la bouche grande ouverte. Un second boa était enroulé autour de son cou. L'homme battit des bras, tenta de monter dans le bateau, puis émit un ultime gargouillement et coula à pic.

L'eau s'agita. Cadderly jaillit hors du lac et s'immobilisa à une hauteur inouïe en aspirant l'air à grandes goulées. Il portait toujours son chapeau, sur lequel son symbole religieux brillait de mille feux. Et il marchait sur l'eau.

Danica fut si surprise qu'elle éclata de rire. Mais Cadderly semblait encore plus étonné qu'elle. Il se tourna vers le bateau ennemi et vit que l'arbalétrier plaçait un nouveau carreau sur son arme.

— Plonge ! hurla Danica.

Le jeune érudit ne bougea pas d'un pouce. Il ouvrit la bouche, et commença à chanter. Jaillie de nulle part, une énorme vague s'écrasa contre l'embarcation des assassins. L'arbalétrier lâcha son arme et se rattrapa au plat-bord.

Une deuxième vague fit faire demi-tour au bateau ennemi, le plaçant face au rivage.

— Viens, dit Cadderly en tendant la main vers Danica. Ils ne vont pas tarder à réagir.

L'assassin qui avait attiré le jeune érudit dans l'eau refit surface, sur le ventre, immobile. Le serpent avait disparu, mais une des rames du bateau flottait à quelques pas de lui.

— Viens, répéta Cadderly.

La jeune femme sauta sur son dos et enroula ses jambes autour de la taille. Le prêtre courut en direction de l'île. Ses pieds ne provoquaient pas d'éclaboussures.

Derrière eux, le bateau ennemi se remettait dans la bonne direction. Les tueurs tendirent la main à leur compagnon poursuivi par... une rame, pour l'aider à monter à bord.

Danica posa un baiser dans le cou de Cadderly et appuya sa tête sur son épaule en soupirant. Le monde était devenu fou.

Le jeune érudit atteignit le rivage et continua à courir, réfléchissant à voix haute :

— Si ce sont des tueurs professionnels, ils ont sans doute été engagés par nos ennemis.

— Cadderly...

— Quelqu'un a décidé que nous constituons, ou du moins que je constitue une menace à éliminer.

— Cadderly...

— Mais depuis combien de temps me surveillent-ils ? Oh, Brennan ! J'espère que je me trompe !

— Cadderly...

— Oui, quoi ?

— Tu peux me poser maintenant.

*

* *

Danica aurait voulu retourner au combat, mais son ami était épuisé. Le chant, dans sa tête, avait été remplacé par la migraine la plus violente qu'il ait jamais eue.

Ils coururent, traversant les haies des riches propriétés de Carradoon. Des chiens aboyèrent sur leur passage, mais ils ne s'écartèrent pas de leur chemin.

Plusieurs habitants, marchands vieillissants et épouses outragées, leur jetèrent des regards incrédules.

— Mettez-vous à couvert et alertez la garde ! cria Cadderly sans ralentir. Des assassins nous poursuivent ! Envoyez les miliciens sur le pont !

Les jeunes gens arrivèrent enfin sur un large chemin dallé qui serpentait entre les demeures.

A cette heure matinale, ni cheval ni carriole n'étaient visibles. Cadderly en conçut un vif soulagement ; il n'aurait pas aimé mettre des citoyens en danger. A en juger par les aboiements, dans le lointain, les Masques de la Nuit n'avaient pas abandonné la poursuite.

Arrivant au-dessus du premier des trois piliers qui soutenaient le pont, Cadderly s'arrêta et se laissa tomber à genoux.

— Monte la garde, ordonna-t-il à Danica.

A l'aide des gouttes d'eau dégoulinant de sa cape, il entreprit de former un carré sur la pierre.

— La première page du *Grimoire de l'Harmonie*

*Universelle* m'a toujours étonné, expliqua-t-il. Elle expose un sort semblable à ceux que j'ai recopiés pour Belisarius.

S'éloignant, il rappela le chant et psalmodia. Il connaissait les mots par cœur, mais ses tempes le lançaient.

*Mets ton pouvoir à l'épreuve, mais fais-le avec prudence, sinon il t'épuisera et emportera un peu de toi-même chaque fois,* avait dit Pertélope.

— Ils arrivent ! s'écria Danica en essayant d'entraîner son ami vers le continent.

Luttant contre l'épuisement, Cadderly obligea le chant à monter jusqu'à ses lèvres.

— *Quel lien retient la pierre ?*

*Un lien que l'humidité détruit.*

*Qu'es-tu sans ce lien ?*

Danica le plaqua à terre ; ce fut juste s'il entendit le carreau d'arbalète siffler au-dessus de lui. Sans se déconcentrer, il acheva :

— *Glisse, mon eau, au travers du lien*

*Enfonce-toi profondément.*

Le premier tueur trébucha et tomba sur le pont transformé en mare de boue. L'homme qui le suivait tenta de s'arrêter, mais s'enfonça jusqu'aux genoux dans le bourbier.

Un grand cri retentit lorsque les deux Masques de la Nuit passèrent au travers du pont et se retrouvèrent dans le lac, vingt pieds plus bas.

Quatre autres assassins, qui avaient réussi à s'arrêter à temps, fixèrent d'un air incrédule le précipice de quinze pieds de large qui les séparait de leurs proies. L'un d'eux leva le poing et hurla des imprécations.

Un bruit de sabots s'éleva derrière le petit groupe. Les miliciens approchaient. Sans demander leur reste, les quatre hommes en noir plongèrent dans le lac.

Cadderly et Danica allaient enfin pouvoir retourner à l'auberge pour compter les morts... amis ou ennemis.

# CHAPITRE XIX

## CHAGRIN ET JOIE DIVINE

La grande avenue était pleine de miliciens et de citoyens qui observèrent avec curiosité Cadderly et Danica. Les bords du chapeau trempé du jeune érudit pendouillaient lamentablement de chaque côté de sa tête.

Un garde à cheval vint barrer la route aux deux compagnons.

— Etes-vous un prêtre de l'Edifiante Bibliothèque ? demanda-t-il d'une voix bourrue.

— Oui. Je suis Cadderly, de l'Ordre de Dénéir.

Danica haussa les sourcils mais ne fit pas de commentaire.

— Nous retournons à la *Braguette du Dragon*, l'auberge de Fredegar Harriman, expliqua-t-elle. Nous nous inquiétons pour les amis que nous avons laissés derrière nous.

— Quels amis ?

— Allons, vous le savez bien, répondit Cadderly d'une voix tendue.

Le garde le dévisagea, puis hocha la tête.

— Très bien. Suivez-moi.

A l'aide de sa monture, il écarta les importuns qui bloquaient le passage.

Cadderly et Danica ne profitèrent pas vraiment de la promenade à travers la ville ; ils redoutaient trop qu'un de leurs ennemis ne soit caché au milieu de la foule. Et à en juger par la morosité de leur escorte, la victoire à la *Braguette du Dragon* avait dû coûter très cher à leurs alliés.

Devant l'auberge d'Ivan et Pikel, ils frémirent en constatant que le porche, la fenêtre et la façade avaient été réduits en miettes. Occupé à balayer les éclats de verre et de bois, le propriétaire leur jeta un regard soupçonneux.

Cadderly poussa un profond soupir en arrivant en vue de la *Braguette du Dragon*. Le balcon de sa chambre n'était plus que ruine. Aucun cadavre ne gisait plus dans la rue, mais les taches écarlates, sur la pierre, indiquaient que ce n'avait pas toujours été le cas.

Sentant la détresse de son bien-aimé, Danica lui tapota le bras. Mais le jeune érudit se dégagea et prit une longue inspiration. Cette fois, il ne fuirait pas comme à Shilmista. Il affronterait les conséquences de ses actes ; il ferait face à la menace, quelle qu'elle soit.

— Oï oï !

Cadderly sourit en voyant Pikel sortir de la *Braguette du Dragon*, une main bandée, l'autre brandissant la canne de marche du jeune homme.

Son soulagement s'évanouit dès qu'il pénétra dans l'auberge. Ivan paraissait en bonne santé, mais Fredegar Harriman avait les yeux rouges et gonflés. Pis encore, le cadavre du principal Avery gisait sur le sol. Sa poitrine était ouverte, révélant une cavité vide à l'endroit où aurait dû se trouver son cœur.

— Mon Brennan, sanglotait Fredegar. Ils ont tué mon pauvre Brennan !

Cadderly parcourut du regard les tables renversées, l'escalier en morceaux, le lustre écrasé, les cadavres des assassins, et celui, encore intact, du fils de l'aubergiste.

— Quatre de ces chiens ont réussi à s'échapper, annonça Ivan.

— Il doit y avoir un mort sur le toit, dit Danica.

— Dans ce cas, ça ne fait plus que trois.

— Non. Il en reste sept, corrigea Cadderly d'un air absent.

Ivan gratta sa barbe blonde.

— Assez pour nous causer encore des tas d'ennuis, grommela-t-il.

Sans répondre, le jeune homme avança vers le corps de celui qui avait toujours été un père pour lui.

Un milicien s'interposa.

— Nous avons quelques questions à vous poser, dit-il.

Cadderly lui jeta un coup d'œil glacial.

— Elles attendront.

— Non. Vous ferez ce que je vous dit. Je ne tolérerai...

— Partez.

C'était un simple mot, et le jeune érudit l'avait prononcé avec calme, mais il frappa le milicien comme la foudre. L'homme se redressa, regarda autour de lui et se dirigea vers la porte d'entrée.

— Venez, ordonna-t-il à ses camarades, qui échangèrent un regard surpris mais s'exécutèrent sans rechigner.

Ivan voulut dire quelque chose ; Danica lui posa une main sur l'épaule pour le faire taire.

Cadderly s'approcha du cadavre d'Avery et essuya les larmes qui perlaient de ses yeux gris. Le principal avait été victime d'une histoire qui ne le concernait pas ; cette idée ajouta à son sentiment de culpabilité.

Un profond chagrin submergea le jeune homme. Une foule de souvenirs se pressaient dans sa tête. Avery prenant le soleil devant l'Edifiante Bibliothèque, harcelé par Percival qui lui jetait des brindilles du haut de son arbre. Avery écoutant le cantique de midi, son visage serein levé vers le ciel.

Comme ce visage semblait différent à présent, la bouche ouverte sur un cri silencieux !

Plus que tout, Cadderly se souvenait des innombrables sermons que lui avait faits le principal. Combien de fois était-il devenu rouge de colère en constatant que l'insouciant jeune prêtre avait manqué à ses devoirs ! Il avait fallu qu'il tombe sous le joug de la Malédiction du Chaos pour admettre qu'il aimait Cadderly comme un fils. Au fond, le jeune homme n'en avait jamais douté. Avery ne se serait pas mis dans des états pareils s'il ne s'était autant soucié de lui...

Et seule sa mort permettait à Cadderly de réaliser qu'il lui rendait cet amour, qu'il considérait le principal comme le père qu'il n'avait pas connu.

Le jeune homme fronça les sourcils. Pourquoi Avery se trouvait-il dans la grande salle à une heure si matinale, et vêtu de façon si négligée ?

S'approchant de Cadderly, Fredegar Harriman lui posa un bras sur l'épaule.

— Moi, j'ai perdu mon fils, balbutia-t-il en désignant le corps de Brennan.

Le jeune érudit se tourna vers le comptoir sur lequel reposait l'adolescent. Le cadavre de son ami ne ressemblait pas à celui d'Avery. Son visage n'exprimait ni horreur ni surprise, et son corps semblait intact. Seul le poison avait pu le tuer ainsi, sans laisser de trace.

— Les miliciens n'ont pas pu m'expliquer, sanglota

Fredegar. Il n'y a pas de sang ; il n'a pas été étranglé. Pourtant, il est mort !

Malgré son chagrin, l'esprit de Cadderly se remit à fonctionner à toute vitesse, cherchant la solution de cette nouvelle énigme. Le jeune homme se souvint des ombres qu'il avait vu danser sur les épaules de l'adolescent. Faisant le parallèle avec l'expérience vécue par Danica, il comprit que quelqu'un avait possédé Brennan, puis s'était débarrassé de lui.

Peut-être restait-il encore une trace de ce forfait, une ombre résiduelle... Cadderly ouvrit son esprit et, malgré sa migraine lancinante, laissa le chant de Dénéir l'envahir.

Il vit un fantôme.

L'esprit de Brennan était assis sur le bar, l'air triste et désemparé. Il jetait un regard incrédule à son père et à son propre cadavre. Puis il leva les yeux vers Cadderly, et son corps immatériel fut secoué par un hoquet de surprise.

Le jeune érudit oublia son environnement pour mieux se concentrer sur l'esprit de l'adolescent.

*Du poison ?* demanda-t-il.

Brennan secoua la tête. *Je n'ai nulle part où aller.*

La solution paraissait évidente. *Viens nous rejoindre,* suggéra Cadderly.

Le jeune garçon le regarda sans comprendre.

Le volume du chant s'amplifia dans la tête du prêtre, qui dut serrer les dents pour ne pas s'évanouir. Mais il ne pouvait pas relâcher son effort — pas maintenant. Il vit l'esprit de Brennan s'approcher de son cadavre, hésitant, effrayé, et pourtant plein d'espoir.

Les ténèbres envahirent la pièce.

— Par les dieux ! s'exclama Danica.

— Ooooooh ! s'émerveilla Pikel.

Un choc sourd tira Cadderly de sa torpeur. Il était agenouillé sur le sol ; Fredegar gisait à sa droite, terrassé par l'émotion. A son côté, Brennan était assis, clignant des yeux, l'air stupéfait.

— Cadderly, souffla Danica, posant une main tremblante sur l'épaule de son ami.

— Comment... comment te sens-tu ? demanda Cadderly en levant la tête vers le fils de l'aubergiste.

Secoué d'éclats de rire mêlés de sanglots, l'adolescent ne savait pas quoi répondre. Comment se sentait-il ? Mais... vivant ! Il baissa les yeux sur ses mains, étonné de voir qu'elles lui obéissaient à nouveau. Puis il serra les poings et les leva en poussant un cri sauvage.

Cadderly se releva et tituba vers le cadavre du principal Avery.

— Ils ont pris son cœur, protesta Danica.

Le jeune homme se tourna vers elle, les sourcils froncés.

— C'est leur méthode habituelle, expliqua son amie. Ça empêche un intervenant extérieur de rappeler l'esprit du mort.

Cadderly grogna. Il y arriverait quand même ; il le devait. Mais le chant refusait de venir. Peut-être devait-il se reposer un peu ; peut-être avait-il déjà abusé de ses pouvoirs.

— Non ! s'écria-t-il avec rage.

Il se concentra ; tout se brouilla autour de lui. Mais le fantôme d'Avery ne se trouvait nulle part.

Le jeune érudit balaya du regard la grande salle. Des ombres surnaturelles dansaient au-dessus des cadavres, comme si les esprits des assassins avaient été arrachés de force à leur corps.

Seraient-ils punis dans l'au-delà ?

Un instant, Cadderly songea à les rappeler pour les interroger à propos d'Avery. Puis il y renonça : ce qui les attendait n'avait rien de commun avec le sort du principal, qui, dans sa vie, n'avait fait que le bien.

Pris d'une inspiration, le jeune érudit tendit son

esprit vers l'autre monde et envoya un appel à destination des cieux et de son maître disparu.

La réponse ne vint pas sous forme de mots ni même d'images. Une sérénité divine tomba sur lui, pareille à une pluie bienfaisante, et il comprit qu'Avery la lui avait envoyée.

Une lumière vive céda la place au néant...

Ivan et Danica aidèrent Cadderly à se remettre debout. Le jeune homme sortit de sa transe et sourit.

— Il est avec Dénéir, dit-il simplement.

Sa migraine avait disparu.

— Que sais-tu ? demanda Ivan.

Le nain ne l'interrogeait pas seulement sur le sort d'Avery, mais Cadderly ne répondit pas immédiatement. Les pièces du puzzle semblaient se mettre en place.

Se tournant vers Brennan et Fredegar étroitement enlacés, il sut qu'il ne tarderait pas à en découvrir d'autres.

*
* *

Chaque heure qui passait rassurait Fantôme. Le tueur était assis dans sa chambre et vaquait à ses occupations quotidiennes. Les massacres n'étaient guère courants à Carradoon, mais les Royaumes connaissaient une période troublée. D'ici quelques jours, personne n'y penserait plus. Alors, le jeune Cadderly serait encore plus vulnérable qu'avant.

En apprenant que sa cible avait réussi à s'échapper, Fantôme avait bien failli abandonner la mission. Au lieu de quoi, il avait décidé de personnaliser son meurtre. Il atteindrait Cadderly au travers d'un de ses amis ; la mort du jeune prêtre n'en serait que plus douce.

Il avait été contrarié en voyant partir Bogo, mais

uniquement parce qu'il avait espéré se servir de lui comme bouc émissaire. Il ne croyait pas que le jeune magicien puisse lui être utile à autre chose.

Pour l'heure, le tueur se tenait près de la fenêtre de sa chambre, contemplant le pont de Carradoon. Les maçons étaient à l'œuvre pour réparer le gouffre qu'avait ouvert Cadderly dans la massive structure de pierre.

Le tueur secoua la tête. Il avait télépathiquement contacté Vander, et appris la mésaventure survenue à ses hommes. Seuls quatre des quatorze Masques de la Nuit restants étaient rentrés à la ferme. Cadderly les avait battus à plate couture.

Fantôme était impressionné, mais il ne s'inquiétait pas pour autant.

*

* *

La présence d'Avery dans la grande salle malgré l'heure matinale, la curieuse absence de Rufo ( qui était descendu de sa chambre juste le temps de répondre aux questions des miliciens ), la brûlure sur la tunique de Pikel..., tous ces détails commençaient à se combiner dans la tête de Cadderly.

Le jeune homme s'entretint avec Brennan, mais l'adolescent gardait du drame des souvenirs confus et embrouillés. Cela suffit à confirmer les soupçons de Cadderly, qui recommanda à Fredegar de ne pas parler de la résurrection de son fils.

— Nous devons agir vite, expliqua-t-il à ses trois compagnons. Nos ennemis ont subi un échec, mais ils sont têtus et ne tarderont pas à frapper de nouveau.

Danica posa ses pieds sur la table.

— Tu es le plus fatigué d'entre nous. Si tu te sens d'attaque, nous le sommes aussi.

— Oï oï ! s'exclama Ivan avant que Pikel puisse ouvrir la bouche.

Il cligna de l'œil vers son frère, qui lui tira la barbe en guise de réponse.

— As-tu parlé avec les miliciens ? demanda Cadderly à Danica.

— Oui. Et tu avais raison.

Le jeune érudit hocha la tête. Une nouvelle pièce du puzzle se mettait en place.

— Le magicien ne restera pas longtemps à Carradoon.

— Tu te sens de taille à l'affronter ? demanda Ivan, incrédule.

Cadderly lissa de la main son pantalon encore humide.

— Bien sûr ! Ce n'est pas comme si j'y allais seul, n'est-ce pas ?

Ivan saisit sa hache.

— Ce que j'en disais, c'est juste parce qu'on ne peut pas savoir à qui on a affaire, avec les mages. Ils sont dangereux.

— Les prêtres aussi, répliqua Danica.

Ce qu'elle avait vu au cours des dernières vingt-quatre heures l'en avait persuadée.

# CHAPITRE XX

## JE TE L'AVAIS BIEN DIT

Bogo Rath faisait les cent pas dans sa chambre. Il donna un coup de pied dans le seau et vit un cafard filer sous le lit à toute vitesse.

— Arrière, misérable insecte, marmonna-t-il.

Il passa une main nerveuse dans ses longs cheveux bruns. Le conseil s'appliquait à lui autant qu'au cafard.

Le jeune magicien se tourna vers la minuscule fenêtre. Le soleil se couchait. Bogo avait l'intention de quitter la ville à la nuit tombée en se mêlant aux mendiants qui rentraient chez eux. Une fois à l'extérieur, il invoquerait une monture magique et galoperait à bride abattue vers Château-Trinité. Il avait hâte de s'éloigner de la ville ; en revanche, l'idée de devoir affronter ses supérieurs ne le réjouissait guère. Et si Fantôme réussissait à accomplir la mission en son absence, le jeune mage passerait pour un parfait couard.

Tout de même, il avait provoqué la mort du principal de l'Edifiante Bibliothèque...

— Ça devrait leur clouer le bec, dit-il, rasséréné, en se frottant les mains. Surtout Dorigène, après l'échec qu'elle a essuyé à Shilmista !

Il jeta un nouveau coup d'œil vers la fenêtre. Le crépuscule tombait ; il était temps de partir.

Bogo sélectionna les composants d'un sort qui lui permettrait d'altérer son apparence, les plaça dans une poche de sa robe et saisit son sac à dos.

Il le reposa en entendant une incantation monter dans le couloir.

*
* *

— Feu et eau, dit Cadderly d'une voix intense et monotone. Feu et eau, les éléments gardiens. Feu et eau.

Danica et Pikel se tenaient entre le jeune érudit et la porte. De temps à autre, l'un d'eux jetait un coup d'œil au petit aubergiste qui, à l'abri derrière la rampe de l'escalier, les surveillait d'un œil craintif. Les trois compagnons l'avaient convaincu de les laisser monter dans la chambre de Bogo Rath, mais l'homme se faisait du souci pour son bien.

Danica se tourna vers Cadderly qui psalmodiait les yeux fermés, ses mains tissant un canevas invisible. Le jeune érudit s'était rasé la barbe avant leur départ de la *Braguette du Dragon*. Physiquement, il ressemblait plus que jamais à son ancien fiancé.

Pourtant, la jeune femme savait que c'était illusoire. Son bien-aimé prenait plus d'assurance à chaque minute. Sa rencontre avec l'esprit d'Avery l'avait à la fois calmé et rassuré. Danica n'avait pas osé le questionner à ce sujet, mais elle sentait que le jeune homme avait maintenant la conviction que son dieu était avec lui.

— Feu et eau, récitait Cadderly, les éléments gardiens.

Il leva la main droite et déposa quelques gouttes du liquide magique sur la porte, puis leva la main gauche, projetant un jet de flammes. Le feu siffla en atteignant le bois mouillé.

C'était le signal convenu avec Pikel.

— Oï oï ! s'écria le nain en empoignant son énorme massue.

L'arme traversa le battant sans réussir à le forcer. Comprenant l'erreur du nain, Danica passa une main dans l'ouverture, saisit la poignée de l'autre côté et ouvrit la porte, vers l'extérieur.

— Ooooh, gémit Pikel, désappointé.

Le chant de Bogo se fit entendre à l'intérieur de la chambre. Le jeune mage tenait une baguette métallique devant lui, un composant de sort que Danica connaissait bien.

La jeune femme bondit sur Pikel et le plaqua à terre dans le couloir. Cadderly, lui, ne cilla pas. Un champ d'énergie scintillante apparut.

L'éclair de Bogo s'y écrasa avec un grésillement, projetant des étincelles vertes et orange qui coururent le long du bouclier invisible pour s'écraser sur le chambranle de la porte.

Le magicien ouvrit de grands yeux effrayés et commença à lancer un autre sort.

— Eternue, ordonna Cadderly.

Bogo s'exécuta, faisant échouer son sort. Poussant un grognement de dépit, il recommença.

— Eternue !

— Sois maudit ! s'exclama le mage en reniflant.

— Tu ne peux pas être plus loin de la vérité, répondit Cadderly. Veux-tu continuer ce petit jeu ?

Bogo hésita une seconde.

— Dissipation ! s'écria le jeune prêtre.

Le champ d'énergie transparente disparut ; Danica et Pikel en profitèrent pour se ruer dans la chambre.

Le magicien comprit qu'il avait fait une erreur. Il aurait dû continuer à lancer des sorts en espérant que son répertoire viendrait à bout de celui de son adversaire.

Danica s'élança et retomba sur Bogo. Surpris, le mage eut le réflexe de lever les bras. La jeune femme les saisit et immobilisa son adversaire.

Bogo réussit à dégager son poignet droit. Du sang jaillit sur le bras droit de Danica.

Une dague invisible !

Le pied de la jeune fille s'éleva et alla s'écraser sur le nez du mage. Etourdi, celui-ci n'offrit aucune résistance lorsque Danica tenta de le désarmer.

— Oooh, gémit Pikel, déçu.

L'arme tomba sur le sol. Le nain se mit à genoux et tâtonna dans l'espoir de la localiser.

Cadderly se dirigea vers le lit et fit signe à Danica de lui amener le prisonnier.

— Tu peux le lâcher.

Tordant le bras du mage en guise d'avertissement, la jeune femme le poussa pour le faire asseoir.

— Nous devons parler, toi et moi.

Bogo leva vers lui un regard menaçant. Danica lui flanqua une bonne claque sur l'oreille. Comme le jeune prêtre la regardait d'un air surpris, elle lui montra la coupure, sur son avant-bras. Son ami hocha la tête en silence.

— C'est Dorigène qui t'a envoyé, dit-il en se tournant à nouveau vers Bogo.

— Non.

— Attention, j'ai les moyens de savoir si tu me mens.

— Dans ce cas, tu dois savoir que je te dis la vérité.

— Tu étais avec les Masques de la Nuit, mais tu n'appartiens pas à leur guilde.

— Tu vas mourir, répondit Bogo, ce qui lui valut une nouvelle claque de Danica.

— Pourquoi en ont-ils après moi ? ( Devant le silence de son interlocuteur, Cadderly ajouta : ) Je peux faire parler ton cadavre, si tu préfères.

Pour la première fois, le magicien parut effrayé. Le calme du jeune prêtre ajoutait du poids à sa menace ; or, Bogo Rath avait envie de vivre vieux.

— Parce que tu t'es interposé, à la Bibliothèque et dans la forêt, répondit-il. Tu as obligé Abal...

Il s'interrompit.

— Qui ? demanda Danica en se penchant près de lui.

— Aballister, lâcha Bogo. Le mentor de Dorigène, et le mien.

Cadderly fronça les sourcils. Dorigène était très puissante ; savoir qu'elle avait un maître ne le réjouissait guère.

— Je n'étais là que pour observer, poursuivit Bogo, conformément aux ordres reçus.

— Ah ? coupa Pikel en désignant le trou dans sa tunique.

Le sang se retira du visage du jeune mage, et son désespoir le poussa à une dernière tentative. Saisissant une poignée de graviers dans sa poche, il les lança sur le sol.

Les petits cailloux explosèrent, projetant des nuages de fumée colorée. Ils ne blessèrent personne, mais réussirent à distraire les trois compagnons pendant quelques secondes. Juste ce dont Bogo avait besoin pour rapetisser et se glisser entre Cadderly et Pikel.

Danica s'élança à sa suite, mais elle n'y voyait pas grand-chose. La porte se ferma devant son nez ; elle entendit Bogo commencer à psalmodier dans le couloir.

— N'y va pas ! s'exclama Cadderly.

Dehors, le jeune mage poussa un cri de terreur. Un

bruit de course, un choc sourd et le son d'un corps qui s'écrase mollement contre la porte...

Cadderly secoua la tête et détourna le regard. La hache d'Ivan dépassait du battant de bois, dégoulinante de sang. Comme si la scène n'était pas assez macabre, les doigts de Bogo surgirent du trou laissé par la massue de Pikel.

Le nain à la barbe verte écarta Danica, ouvrit la porte et passa la tête de l'autre côté.

— Ooooh !

— Je t'avais bien dit que les mages étaient dangereux, fit remarquer Ivan.

Il invita Danica et Cadderly à venir le rejoindre. En sortant de la chambre, ce dernier ne put s'empêcher de jeter un regard au magicien — un garçon encore plus jeune que lui, à peine sorti de l'adolescence.

— Nous ne lui avons même pas demandé son nom, soupira-t-il.

— Pourquoi, tu veux savoir quoi marquer sur sa pierre tombale ? demanda Ivan sur un ton bourru.

Danica chercha un signe de faiblesse sur le visage de son bien-aimé. Mais cette fois, Cadderly parvint à contrôler ses émotions.

— C'était juste par curiosité, répondit-il en haussant les épaules. Ramène-le dans la chambre, veux-tu ?

Même s'il était loin de se douter qu'il mettrait sa menace à exécution, il n'avait pas menti à Bogo.

Il était effectivement capable de faire parler les morts.

*

* *

Dans l'auberge, tout était calme. Appuyé contre la fenêtre de sa chambre, Rufo réfléchissait.

Cette fois, il était allé trop loin. Il avait franchi la

ligne qui le séparait du côté obscur de son âme et il se demandait comment il avait pu en arriver là. Tout avait commencé à la Bibliothèque, quand il avait rencontré Barjin, le prêtre maléfique. Sur son ordre, il avait projeté Cadderly dans les catacombes.

Il pouvait se pardonner cette première faute, que tout le reste de son Ordre — Cadderly compris —, s'était empressé d'oublier. Dans la forêt elfique, il avait de nouveau trahi ses compagnons, mais il s'était racheté en leur fournissant les informations dont ils avaient besoin pour vaincre. Comme toujours, les efforts conjugués de Cadderly, Danica, Ivan et Pikel avaient permis de racheter ses erreurs.

Mais à présent, Avery gisait mort au rez-de-chaussée. Rufo avait livré son supérieur à une bande de tueurs. Une limite était franchie.

Le prêtre tenta de justifier ses actions, de se convaincre qu'on ne lui avait pas laissé le choix, que c'était lui que les Masques de la Nuit auraient tué s'il ne leur avait pas vendu Avery.

Mais cela ne collait pas. Cadderly et ses amis avaient vaincu les tueurs. S'il avait eu le courage d'aller les trouver après sa première entrevue avec Bogo Rath, tout se serrait arrangé.

Et Avery serait toujours en vie.

Rufo poussa un gémissement et s'écarta de la fenêtre. Il se sentait tout à coup très vulnérable.

— Il l'avait mérité, marmonna-t-il, se souvenant de la façon dont son supérieur l'avait traité au cours de leur dernier voyage.

Avery l'aurait empêché de monter en grade au sein de l'Ordre ; il avait même menacé de l'en expulser !

Il n'avait pas le droit de faire subir ses caprices au pauvre Rufo...

Le temps que le prêtre ramasse ses affaires, la culpabilité avait cédé la place à la colère. Il avait riposté avec les seules armes à sa disposition. De toute façon, il ne pouvait pas revenir en arrière. Personne ne le soupçonnait ; le magicien s'était déjà enfui, et lui-même n'avait eu aucun mal à répondre aux questions des miliciens. Plus réconfortant encore, Cadderly semblait avoir accepté les conclusions officielles ; il ne lui avait rien demandé.

Rufo fouilla dans la bourse d'Avery pour payer son séjour à Fredegar Harriman. Il expliqua à l'affable aubergiste qu'il devait rentrer à l'Edifiante Bibliothèque pour apprendre la mauvaise nouvelle à ses supérieurs.

Lorsqu'il sortit de la *Braguette du Dragon*, il faisait aussi noir dehors que dans son cœur.

*
* *

Les quatre amis quittèrent l'auberge une demi-heure plus tard. Cadderly avait donné quelques pièces d'or au propriétaire pour le dédommager de ses tracas. Après tout, le brave homme allait devoir se débarrasser du cadavre de Bogo Rath...

— Où allons-nous ? demanda Ivan.

Maintenant qu'il savait où se trouvait leurs ennemis, le nain était impatient de reprendre le combat.

— Nous retournons à la *Braguette du Dragon*.

— Et que ferons-nous une fois là-bas ?

— Nous attendrons. Les derniers événements nous ont épuisés ; nous avons besoin d'une bonne nuit de sommeil.

Cadderly se sentait exténué. Il avait beaucoup fait appel à ses pouvoirs au cours des dernières vingt-quatre heures, et il n'aspirait à rien d'autre que quelques instants de repos.

Sachant ce que l'esprit de Bogo venait de leur

révéler, le jeune prêtre n'était pas certain de voir son désir se réaliser.

La lune s'était levée. Les étoiles brillaient dans le ciel ; une brise fraîche les fit frissonner.

Une longue nuit commençait.

# CHAPITRE XXI

## L'APPÂT

Sans prêter attention aux bavardages de ses amis, Cadderly s'assit à son bureau et, faisant appel à ses souvenirs, commença à assembler les pièces du puzzle.

Il s'attarda sur la joie divine que lui avait envoyé l'esprit d'Avery. Les doutes du jeune prêtre disparaissaient face à cette émotion. Sa logique semblait ridicule, comparée au sourire du fantôme d'Avery.

Toutes les certitudes de sa vie venaient d'être ébranlées, pourtant le jeune homme ne le regrettait pas. Bien au contraire. Au lieu de nier sa merveilleuse expérience, il devrait étendre les limites de son raisonnement pour l'y inclure...

*
* *

Pikel explorait la grande salle de l'auberge. Il avait sauté trois de ses quatre repas quotidiens et se sentait affamé.

— Hi, hi, hi ! gloussa-t-il.

Il ouvrit un placard et y découvrait des biscuits.

Glissant l'amulette que lui avait donnée Cadderly dans une poche, il se frotta les mains.

Les bras chargés de galettes et le visage rayonnant, il remonta l'escalier qu'Ivan et lui avaient reconstruit en hâte.

Son sourire s'effaça quand il vit le petit homme se diriger vers lui. Surpris, il laissa même tomber de sa bouche un demi-biscuit.

*

* *

Danica et Ivan faisaient un bras de fer sur le lit. La jeune femme avait tenu à prouver qu'elle pouvait gagner grâce à sa seule concentration. De fait, même si le visage du nain était rouge sous sa barbe blonde, le bras de Danica ne bougeait pas d'un pouce.

— Tu as trouvé ton maître, je crois, fit remarquer Cadderly.

Ivan s'empourpra, bondit sur ses pieds et poussa de toutes ses forces. Le lit recula de plusieurs pas, mais Danica demeura immobile.

Cadderly envoya ses pensées vers Pikel pour vérifier que celui-ci allait bien. Il s'attendait à éprouver une sensation de faim, mais ses yeux s'écarquillèrent d'inquiétude. Au lieu de chopes de bière et de brioches, il ne voyait qu'ombres noires et malfaisantes.

Ce n'était plus Pikel qui tenait l'amulette ! Les images de Brennan et du pauvre Sans-Nom traversèrent l'esprit de Cadderly, qui rompit brutalement le contact.

— Je t'aurai ! grommela Ivan.

Danica, qui regardait son bien-aimé, vit que quelque chose n'allait pas.

Sortant de sa transe, elle lâcha le bras d'Ivan et se précipita dans le couloir à la suite du jeune prêtre.

— Hé, qu'est-ce que vous.... ? commença le nain, dépité.

Puis, réalisant qu'il devait y avoir un problème, il empoigna sa hache et bondit sur les traces de ses amis.

*
* *

Le pauvre Pikel ne s'était jamais senti aussi faible ! Ebahi, il se dévisageait lui-même sans comprendre.

Fantôme avait déjà pris son ancien corps à la gorge lorsqu'il entendit un bruit de pas précipités dans le couloir. Les alliés du nain seraient bientôt là... Cette idée amena un sourire mauvais sur ses lèvres. D'un revers de bras, il repoussa la main de Pikel et saisit une petite fiole dans sa poche.

— Ooooh, gémit Pikel, pensant que sa fin était proche.

Fantôme renversa le contenu du récipient sur sa tête, autrement dit sur celle du nain.

— Eh ? gargouilla Pikel en voyant son visage se couvrir d'un liquide sanguinolent.

Le soulevant d'une seule main, Fantôme le projeta violemment de l'autre côté de la chambre.

Puis l'assassin s'allongea sur le sol et commença à grogner faiblement.

*
* *

Ivan repoussa Cadderly et Danica pour se précipiter le premier dans la chambre.

Levant la tête, Pikel désigna d'un doigt tremblant le petit homme affalé quelques pas plus loin. Son frère rugit et chargea l'assassin.

Cadderly pénétra dans la pièce et se dirigea vers son ami blessé. Il avait invoqué le chant de Dénéir, et il distinguait très nettement les ombres maléfiques sur les épaules de Pikel.

— Ivan ! s'écria-t-il.

Il lança ses disques adamantine à la figure du nain « blessé ».

Du sang véritable se mêla au liquide écarlate.

— Oooh !

De l'autre côté de la chambre, Ivan comprit. Il lâcha le petit homme et se précipita vers sa nouvelle cible.

Cadderly, qui n'avait pas quitté Pikel du regard, vit les ombres se dissiper.

Le nain blond saisit son frère par le col et le colla contre le mur.

— Oooh !

— Calme-toi, Ivan. Pikel est de nouveau lui-même, expliqua le jeune prêtre.

Danica vint se placer au-dessus du petit homme, l'air menaçant. Cadderly la rejoignit.

— Vous n'avez nulle part où aller, dit-il à Fantôme. Je vous connais.

Derrière lui, Ivan ramassa les disques d'adamantine en grommelant :

— Je n'aurais pas dû les aiguiser autant.

Cadderly jeta un coup d'œil par-dessus son épaule. Voyant que le nain pansait les blessures de son frère, il reporta son attention sur l'assassin.

Il n'y avait plus trace d'ombre sur ses épaules. Le jeune prêtre parcourut la pièce du regard, craignant que Fantôme n'ait à nouveau usurpé l'identité d'un de ses amis. Ses trois compagnons semblaient égaux à eux-mêmes. Ils froncèrent les sourcils en constatant son étonnement.

— Qui êtes-vous ? demanda Cadderly au petit homme.

Laissant le chant de Dénéir résonner dans sa tête, il étudia la nouvelle aura de l'inconnu.

Il sentit un vent glacial, découvrit un rivage rocheux

entouré par d'immenses montagnes. D'énormes blocs de glace flottaient dans la baie, où était ancré un bateau géant.

Cadderly plongea ses yeux dans ceux de l'homme, où il ne lut que peur et résignation.

Danica sentit que leur adversaire allait bondir vers la porte et elle se tendit, prête à l'intercepter. Mais un murmure s'éleva tout près de son oreille. Cadderly lui envoyait un message magique. Elle jeta un regard intrigué à son bien-aimé.

Le petit homme s'élança vers la sortie. Danica et Cadderly tentèrent de le bloquer mais se gênèrent mutuellement, permettant à l'inconnu de filer.

Ivan lâcha Pikel, qui poussa un gémissement sonore en heurtant le plancher, et bondit à la poursuite du fuyard.

— Arrête ! s'écria Cadderly.

Son injonction n'était pas adressée à l'inconnu.

Ivan s'immobilisa ; l'homme en profita pour s'échapper. Danica courut à sa poursuite sans forcer l'allure, comme avait demandé Cadderly. Lorsqu'elle sortit de l'auberge, elle vit le fuyard disparaître au coin de la rue, se dirigea à dessein dans la direction opposée, puis fit demi-tour et revint en affichant un air piteux.

Dans la chambre, Ivan tapait du pied sur le plancher.

— Il faut encore attendre ? grogna-t-il d'une voix peu amène.

— Ne t'inquiète pas. Il n'y en aura plus pour longtemps, répondit Cadderly en souriant.

Le puzzle était presque reconstitué.

# CHAPITRE XXII

## VENGEANCE

— Que je sois changé en gobelin, souffla Ivan en regardant par-dessus le bord du toit.

Les quatre compagnons se tenaient sur le bâtiment adjacent à la *Braguette du Dragon*. Comme tous les jours à cette heure, la Place du Marché grouillait de monde, mais le nain venait d'y repérer une silhouette familière.

Danica suivit le regard d'Ivan et se laissa glisser jusque dans la ruelle. Puis elle s'élança derrière Rufo.

— Je pensais qu'il avait quitté la cité depuis longtemps, fit remarquer le nain.

Assis en tailleur devant le *Grimoire de l'Harmonie Universelle*, Cadderly secoua la tête.

— Rufo n'oserait pas partir seul dans la montagne. Je pense qu'il a dû trouver asile dans un des temples de la ville..., probablement celui d'Ilmater.

Ivan et Pikel haussèrent les épaules. Leur ami les guidait comme s'il connaissait toutes les réponses. Cela faisait plus d'une journée qu'ils campaient sur ce toit, avec toute la patience qu'on pouvait attendre de deux nains.

Danica revint quelques minutes plus tard.

— Il est allé au temple d'Ilmater, annonça-t-elle triomphalement.

Cadderly hocha la tête sans répondre. Il ne voulait pas sortir de la transe qu'il avait mis des heures à atteindre.

— De toute façon, il le savait déjà, grommela Ivan, qui se sentait comme un pion dans un jeu d'échecs. Ces fichus prêtres savent toujours tout.

— Pas encore, répliqua Cadderly.

Le nain leva les yeux au ciel comme pour le prendre à témoin de ses malheurs. Comment le jeune prêtre avait-il pu l'entendre marmonner dans sa barbe ?

*
* *

Dès qu'il eut repris le contrôle de son corps, Vander commença à arpenter la grange. Il avait bien failli se faire prendre ; il ne comprenait pas comment il avait pu obliger son enveloppe malingre à courir assez vite pour s'enfuir.

Il avait passé une nuit affreuse dans les rues de Carradoon, craignant que Fantôme ne lui rende jamais sa véritable forme et regardant sans cesse par-dessus son épaule pour voir si Cadderly ou un de ses amis n'avait pas retrouvé sa trace.

Mais il était de retour, dans la ferme et dans son corps. Il jeta un coup d'œil par la porte entrebâillée. Où se trouvaient les quatre assassins restants ?

Quatre seulement ! Onze Masques de la Nuit étaient morts, cinq autres portés disparus. Seul Fantôme arpentait encore les rues de Carradoon, sans doute en compagnie du magicien Bogo Rath. Et Cadderly, entouré par ses puissants alliés, était encore vivant.

Pourtant, lors du dernier transfert mental, Vander avait senti que Fantôme ne se décourageait pas. Son ardeur était décuplée par les difficultés de la chasse. Il avait déjà eu des ennuis auparavant ; il avait perdu des dizaines d'hommes, mais il était toujours parvenu à ses fins. Il avait confiance en ses capacités, comme tout guerrier qui se respecte.

Vander ne l'admirait pas. Il était facile d'être sûr de soi quand on possédait une échappatoire infaillible.

Trop facile.

*

* *

— Quoi de neuf ? demanda Danica, voyant Cadderly ouvrir les yeux pour la première fois depuis des heures.

Le jeune prêtre avait utilisé des sorts de détection pour fouiller la ville. Il cherchait à localiser les émanations de l'objet maléfique que portait le petit tueur.

— Un transfert de pouvoir, répondit le jeune homme d'un air absent, ses pensées fixées sur le *Ghearufu*.

Ivan se gratta la barbe.

— Si tu sais où se cache ce maudit machin...

— Pas exactement. Notre ennemi se trouve quelque part au sud ; il vient de pénétrer dans l'enceinte de la ville. ( Danica le regarda, étonnée. ) Il a quitté Carradoon par des moyens magiques à l'instant où nous le tenions, expliqua le jeune prêtre. L'homme qui s'est enfui — du moins son esprit —, n'était pas le même que celui qui avait capturé Pikel.

Ivan fit la grimace. Il commençait à avoir mal au crâne.

— Et maintenant, il est revenu, ajouta Cadderly.

— Tu veux qu'on le retrouve ? demanda Danica.

Le jeune homme hocha la tête.

— Ça ne servirait à rien ; il s'enfuirait encore.

— Alors, qu'est-ce qu'on fait ? rugit Ivan. ( Les

énigmes de son ami finissaient par lui porter sur les nerfs. ) On attend que les assassins nous tombent dessus ?

— Non. Nous allons prendre notre ennemi à revers, dit Cadderly, songeant à la ferme décrite par l'esprit de Bogo Rath. Prêts à vous battre ?

— Et comment ! s'exclama Ivan.

*

* *

— Ici ! souffla Cadderly en désignant une fenêtre dissimulée par les branches d'un orme. Il y a quelqu'un à l'intérieur.

Il regarda autour de lui, se demandant jusqu'où Danica avait pu avancer. La jeune femme s'était fondue dans les ombres environnantes ; il ne l'aperçut nulle part.

— Il est temps d'y aller, dit Ivan en saisissant sa lourde hache.

Pikel désigna l'arbre.

— Pas question que je grimpe là-dessus, grogna son frère. Tu n'as qu'à le faire, si tu veux.

Pikel bondit de joie. La marmite qui lui servait de casque bascula, dissimulant le sourire qui lui fendait le visage d'une oreille à l'autre.

Ivan ajusta son heaume à andouillers et poussa son frère en avant.

— Attends, l'interrompit Cadderly. ( Le nain jeta un regard impatient par-dessus son épaule. ) Ne tue que si c'est absolument nécessaire. Comme nous en avons convenu.

— Comme tu en as convenu, corrigea Ivan.

— Peu importe. Tu le feras, n'est-ce pas ?

— Mais, Cadderly...

— Ivan !

— Bon, bon. Tu me gâches tout le plaisir.

*
* *

Secouant la tête, le garde caché dans le poulailler saisit son arbalète. Lequel des deux nains allait-il descendre en premier ? Puis il se décida. Celui qui était resté à terre présentait un danger immédiat ; il s'occuperait de l'autre plus tard.

*Cot cot cot codet !*

Surpris, l'assassin fit volte-face et tira au jugé. Les volatiles effrayés s'égayèrent en tous sens ; dans l'obscurité les ombres prenaient des formes étranges.

Le Masque de la Nuit encaissa deux coups, un au visage et un à la nuque, et sentit un liquide chaud dégouliner le long de sa tunique. Il plaqua la main sur ses blessures pour arrêter le flot de sang...

Il faillit éclater de rire en constatant que c'étaient seulement des œufs... jusqu'à ce qu'il réalise que quelqu'un avait dû les lui lancer. Il poussa un grognement, lâcha son arbalète et saisit la dague qu'il portait à la ceinture.

Les poules se réinstallèrent sur leur perchoir. Nul ennemi visible...

*Le banc,* se dit-il, *il doit être sous le banc...*

Il fit un pas en avant et se pencha.

*A moins qu'il ne soit passé derrière moi.*

Une main se posa sur sa bouche, une autre saisit son poignet droit. Le tueur écarquilla les yeux tandis que sa propre lame lui découpait la gorge.

Danica laissa tomber sa victime et se tourna pour observer les nains. Ivan était posté sous la fenêtre, Pikel se balançait sur une branche au-dessus de lui. Pressentant un désastre, la jeune femme se dit qu'elle ferait mieux d'aller les rejoindre.

Elle eut un moment d'hésitation en enjambant le corps. Cadderly lui avait demandé de ne tuer que si c'était indispensable. Danica trouvait cette idée absurde, mais elle se sentait un peu coupable de ne pas avoir respecté le souhait de son bien-aimé.

En revanche, elle ne ressentait aucune compassion pour sa victime. Connaissant les méthodes des Masques de la Nuit, elle ne gaspillait pas sa pitié pour ceux qui arboraient le loup noir et argent de la guilde.

*
* *

Lorsque Pikel eut trouvé la position idéale dans son arbre, Ivan tapota le mur extérieur de la ferme avec l'extrémité de sa hache.

Quelques instants plus tard, un visage apparut à la fenêtre. Une épée à la main, le tueur sonda les environs.

— Ha ! s'exclama-t-il en apercevant Ivan.

Une branche craqua au-dessus de lui.

— Mon frère, expliqua le nain à la barbe blonde en levant un index à la verticale.

— Vraiment ? lâcha le Masque de la Nuit.

Pikel enroula ses jambes autour de la branche et se laissa tomber, massue en avant, comme un gigantesque pendule. Atteint de plein fouet, l'assassin s'envola comme un boulet de catapulte.

— Dépêche-toi ! cria Ivan en bondissant sur le rebord du mur.

Il pénétra à l'intérieur du bâtiment.

Pikel haussa les épaules. Les choses ne s'étaient pas passées comme prévu ; la branche avait cédé sous son poids, coinçant sa cheville dans une fourche.

— Mais qu'est-ce que tu fabriques ? rugit Ivan en lui saisissant le bras gauche.

— Hon hon, tenta d'expliquer Pikel.

Pensant qu'il s'amusait à ses dépens, Ivan lâcha sa hache, saisit son frère à deux mains et tira. Pikel atterrit tête la première dans la pièce, un morceau de branche toujours accroché à la cheville.

*
* *

Vander jeta un coup d'œil prudent par l'entrebâillement de la porte. De là où il se trouvait, il ne pouvait observer le combat, mais il voyait s'agiter les branches de l'orme. Et quelques secondes auparavant, il avait entendu les volailles s'affoler dans le poulailler.

Il fronça les sourcils en voyant une boule de feu se matérialiser dans l'air à quelques pas de lui. La menace était claire. S'il faisait le moindre mouvement, l'énergie magique fondrait sur lui.

Mais qu'attendait donc le jeteur de sorts ?

Vander recula. Une ligne de flammes frappa le sol à ses pieds. Le guerrier referma la porte et se jeta à terre dans l'attente de l'explosion.

De la fumée s'éleva du battant ; la pièce autour du firbolg sombra dans l'obscurité.

Vander se releva. Il devait sortir de ce piège...

Un silence de mort régnait dans la grange.

Avec un grognement, le guerrier avança vers la sortie. Il n'avait aucun moyen de savoir si les flammes l'attendaient dehors ou non, mais il devait tenter sa chance.

Ce fut comme si le sol montait à sa rencontre, lui projetant de la poussière dans les yeux et l'obligeant à reculer. Il trébucha sur des obstacles invisibles et s'effondra.

Puis les ténèbres se dissipèrent. Vander entendit une planche céder sous sa main, un sifflement au-dessus de sa tête...

Il leva les yeux. L'air s'était empli de lames tourbillonnantes.

La porte de la grange s'ouvrit, et un jeune homme coiffé d'un chapeau bleu à larges bords entra.

— Elles coupent bien, annonça-t-il tranquillement.

Vander n'en douta pas une seule seconde.

*
* *

Pikel se débarrassa de son bout de branche, rajusta sa marmite et se hâta de rejoindre son frère. Deux portes s'ouvraient dans les murs de la petite pièce : une sur la droite, l'autre au fond, en face de la fenêtre.

— Ils doivent savoir que nous sommes là, fit remarquer Ivan.

Pikel haussa les épaules, comme si cela n'avait pas la moindre importance.

Son frère se tourna vers la porte du fond et sourit.

— Tu te souviens de notre charge à l'auberge ?

Le battant de la porte sortit de ses gonds. Les arbalètes tirèrent ; les nains échangèrent un regard satisfait en voyant deux carreaux plantés dans le bois.

— Ces humains sont tellement prévisibles, soupira le nain à la barbe blonde.

Les deux frères lâchèrent la porte et jetèrent un coup d'œil : ils se trouvaient dans une cuisine. Pikel obliqua vers la gauche. Le voyant arriver, un des tueurs fonça vers la fenêtre. Ivan s'élança à la suite du second, qui tentait d'atteindre la porte.

Pikel s'immobilisa, sourcils froncés. Puis, sous le coup d'une illumination, son visage s'éclaira, et il abattit sa massue sur le cadre de la fenêtre. Celui-ci s'effondra, immobilisant le Masque de la Nuit.

— Hi, hi, hi !

Le nain s'amusait comme un petit fou. Il tira la table, défit les lacets de l'homme et les renoua autour d'un des pieds du meuble.

L'assassin poursuivit par Ivan changea d'avis ; faisant volte-face, il brandit son épée. Mais Ivan était un combattant trop aguerri pour se laisser prendre à cette feinte. Il leva sa hache, bloquant la lame de son adversaire.

Le Masque de la Nuit se dégagea et lui porta plusieurs attaques rapides. Il toucha le nain au flanc, mais celui-ci abattit violemment son arme sur celle de l'assassin.

L'homme recula, dos au mur. Il n'avait plus à la main que la garde de son épée et quelques pouces de lame.

Ivan baissa les yeux vers son armure. Une des sangles était coupée net, et la plaque qu'elle retenait bâillait un peu. Mais il n'était pas blessé.

— Ça en valait vraiment la peine ? demanda-t-il sans rire.

Le tueur grogna, lâcha son tronçon d'épée et reprit sa course vers la porte.

Ivan plongea sur ses chevilles, mais il avait mal calculé la distance et ne réussit qu'à se cogner la tête contre le porche.

Sans se retourner, le Masque de la Nuit se rua vers l'écurie, sauta sur un cheval, lui laboura les flancs et franchit la barrière de la ferme.

Ivan jura, furieux que l'homme ait réussi à s'enfuir. Se relevant, il aperçut Danica à genoux sur le toit, une arbalète chargée à la main.

— Tu sais t'en servir ? demanda-t-il, surpris.

Sans répondre, la jeune femme pressa la détente. Le carreau toucha le fuyard à la base du crâne.

— Ooooh, s'émerveilla Pikel en rejoignant son frère sous le porche.

# CHAPITRE XXIII

## UNE OFFRE IMPOSSIBLE À REFUSER

— Où est le grand type ? demanda Ivan en découvrant Cadderly appuyé contre un arbre.

Le jeune prêtre désigna la grange d'un geste, ses yeux gris pétillant de malice.

— Occupé. Intact, mais pas en état de se battre.

Danica hocha la tête.

— Ainsi, tu avais raison. La bande était dirigée par un géant.

Cadderly se souvint des images aperçues sur les épaules du petit homme. Le changement d'aura lui en avait révélé gros sur la mentalité du firbolg.

— Un géant mort ? suggéra Ivan, plein d'espoir.

— Non, répondit Cadderly.

— Un géant *bientôt* mort, alors ?

— Non plus.

Le jeune prêtre regarda le corps qui gisait dans la poussière, près de la barrière.

— Je vous avais demandé de ne pas les tuer, dit-il sèchement.

Ivan lança un coup d'œil sarcastique à Danica.

— Tu aurais mieux fait de laisser partir le tien !

Cadderly fronça les sourcils. Le nain se dirigea vers la ferme, franchit la fenêtre et s'assura que l'assassin capturé par Pikel était toujours solidement coincé.

— Viens par là ! Tu verras que mon frère a respecté tes instructions.

Danica, Cadderly et Pikel rejoignirent leur ami.

— Qu'allons-nous en faire ? demanda Ivan. Faut-il l'interroger ou le remettre entre les mains de la garde, jeune imbécile miséricordieux ?

Cadderly lui jeta un regard incrédule.

— As-tu si soif de sang ?

— Que crois-tu que feront les miliciens ? Oublies-tu la façon dont les Masques de la Nuit ont massacré Avery ? Et la famille qui vivait ici ? Crois-tu que le fermier et les siens sont partis en voyage ?

Cadderly détourna la tête. Il détestait tuer, mais ne pouvait nier la justesse des observations d'Ivan.

— C'est toi qui nous as amenés ici ! cracha le nain. Si tu crois que je vais risquer ma peau pour donner quelques jours de sursis à une vermine pareille, tu te trompes lourdement !

Cadderly rappela le chant de Dénéir et plongea dans le monde des esprits, comme il l'avait déjà fait à Shilmista, et, plus récemment, à Carradoon. A chaque fois, le voyage devenait plus facile.

Le monde matériel devint une masse grisâtre et indistincte. Les cris des âmes perdues s'élevèrent.

Quittant son corps, le jeune prêtre se dirigea vers le cadavre qui gisait sur la route. Il s'arrêta brusquement, horrifié. Des ombres grouillantes encerclaient l'esprit de l'assassin, qui, remarquant la présence de Cadderly, leva vers lui des yeux implorants.

*Aide-moi !*

Le jeune homme ne savait que faire. Les ombres se

rapprochèrent de leur proie, tendant des mains griffues...

*Aide-moi !*

Son cœur s'emplit de pitié pour l'âme damnée, mais il n'était pas en son pouvoir d'intervenir. Les ombres s'emparèrent de l'assassin, qui se débattit avec l'énergie du désespoir.

*Aide-moi !*

Le cri déchira le cœur du jeune prêtre. Puis les ombres se fondirent dans le sol, entraînant l'esprit de l'homme vers un enfer éternel.

Le jeune prêtre retourna dans sa coquille de chair et ouvrit les yeux. Son visage était trempé de sueur.

— A quoi penses-tu ? demanda Ivan.

— Peut-être avais-je tort, admit Cadderly. ( Il se tourna vers le dernier tueur. ) Lui, on le ramène en ville. La garde décidera de son sort. Il ne peut pas nous faire de mal, donc nous n'avons aucune raison de l'achever.

Ivan était un combattant redoutable, mais pas nain à tuer de sang-froid. Il hocha la tête et se dirigea vers le prisonnier.

— Pas encore, intervint Cadderly. La fenêtre pourra-t-elle le retenir longtemps ?

Ivan étudia attentivement la structure.

— Pendant une bonne centaine d'années, si tu veux.

— Hi, hi, hi ! gloussa Pikel, rosissant de plaisir.

— Dans ce cas, laissez-le là. Nous avons affaire ailleurs.

Le jeune prêtre désigna la porte de la grange. Son sort ne durerait pas éternellement, et il n'avait aucune envie d'affronter le firbolg.

Sur son ordre, Ivan et Pikel saisirent les battants et tirèrent, puis se dissimulèrent derrière le mur. De nombreux géants devenaient fous furieux à la seule vue de nains, et Cadderly ne voulait pas se retrouver avec un firbolg mort sur les bras.

De toute façon, Vander n'était pas d'humeur à se battre. Il gisait sur le sol, terrorisé par les lames qui s'agitaient au-dessus de lui.

Cadderly s'avança et étudia les ombres s'agitant sur les épaules du géant. Voyant les montagnes majestueuses et le bateau dans la baie prise par les glaces, il comprit qu'il avait affaire à l'être avec qui Fantôme avait effectué un transfert, à l'auberge.

— Je te relâcherai si tu me donnes ta parole de ne pas nous attaquer, mes compagnons et moi. ( Vander poussa un grognement. ) Tu n'as rien contre nous et réciproquement. Il se peut même que nous soyons en mesure de t'aider.

Le firbolg lui jeta un regard étonné.

— L'aider ? s'écria Ivan derrière la porte. Tu n'as jamais parlé d'aider un stupide géant !

Avant que Cadderly puisse répondre, les deux frères nains avaient bondi dans la grange, l'arme à la main.

— Ivan ! protesta le jeune prêtre.

Mais il s'interrompit en voyant l'expression abasourdie de ses amis.

— Laisse-le se relever ! aboya Ivan en lui donnant une bourrade. On ne traîne pas ceux de son espèce dans la boue !

— Enchanté de vous rencontrer, braves nains, déclara le géant de façon tout à fait inattendue.

Danica et Cadderly échangèrent un regard interloqué.

— Laisse-le se relever ! répéta Ivan. Tu ne vois pas la couleur de sa barbe ?

Le jeune prêtre se demanda ce que la pilosité de son prisonnier venait faire dans la conversation.

— Ce n'est pas un géant, expliqua le nain.

— Pourtant, il m'a l'air suffisamment grand pour ça, protesta Danica.

— C'est un firbolg. Un ami de la terre, des nains et des elfes, aussi curieux que cela puisse paraître.

Les explications du nain éclairèrent Cadderly. Le jeune prêtre comprit pourquoi un être honorable s'était retrouvé acoquiné avec une bande d'assassins.

Il devait être leur prisonnier.

D'un geste de la main, il dissipa la barrière. Vander se releva en grognant et saisit son énorme épée. Cadderly et Danica crurent qu'il allait attaquer, mais Ivan et Pikel lui parlèrent dans un langage aux sonorités aiguës. Les deux jeunes gens s'avancèrent avec prudence.

— Il ne nous fait pas confiance, chuchota Ivan dans l'oreille de Cadderly. ( Puis, plus haut : ) Son nom est Vander.

Le grand type les toisait d'un air méfiant.

— Si nous avions voulu vous tuer, ce serait déjà fait, expliqua le jeune prêtre.

Vander retroussa les lèvres et grogna.

— Ne l'insulte pas ! rugit Ivan. On ne dit jamais à un firbolg qu'on aurait pu le battre, à moins que ce ne soit fait.

— Où sont mes associés ? demanda le prisonnier en agitant son épée.

Cadderly réalisa qu'il n'aurait qu'à faire un pas en avant pour le tuer. Comment éviter les coups d'une créature aussi monstrueuse ?

— Ils sont tous morts, sauf un.

Il était déterminé à ne montrer aucun signe de faiblesse, même si la nouvelle rendait le firbolg furieux.

Heureusement pour lui, ce ne fut pas le cas. Vander semblait se moquer du sort des tueurs, ce qui conforta Cadderly dans son opinion.

— Fantôme, lâcha le firbolg. Il s'appelle Fantôme.

Danica et les nains s'entre-regardèrent. Cadderly hocha la tête.

— Ensemble, nous pourrons le vaincre, promit le jeune prêtre.

Vander ricana.
— Tu ne sais pas grand-chose de lui, Cadderly.
— Mais je suis toujours en vie, répliqua son interlocuteur sans s'étonner que l'être connaisse son nom. Les associés de Fantôme peuvent-ils en dire autant ?
— Tu ne sais pas grand-chose de lui.
— Alors explique-moi.
Le jeune prêtre fit signe à ses amis d'aller monter la garde. Danica ne semblait pas enthousiasmée à l'idée de laisser son bien-aimé seul, mais Vander dit quelque chose dans son langage bizarre, et les deux nains entraînèrent leur amie dehors.
— Il nous a donné sa parole, expliqua Ivan. Un firbolg ne se parjure jamais.
— Si j'étais toi, je m'inquiéterais, dit Vander dès qu'Ivan, Pikel et Danica eurent disparu.
Cadderly lui jeta un regard curieux.
— Je n'ai pas l'intention de rompre mon serment. Mais Fantôme peut prendre possession de moi à n'importe quel moment, et il n'aurait aucun mal à te tuer.
— Dans ce cas, il faut faire vite, rétorqua Cadderly. J'ai compris qu'il avait changé de corps avec toi lorsque nous l'avons coincé, à l'auberge. Et je sais qu'il est possible de bloquer ses transferts... ( Vander secoua tristement la tête. ) Si. Danica, la jeune femme qui vient de partir, a déjà réussi. Ensemble, nous ferons de même. J'ai mes sorts, et ça aussi...
Le jeune prêtre sortit de sa poche l'amulette prise à Rufo dans la forêt de Shilmista.
— Elle me permettra de t'aider à lutter contre Fantôme.
Vander lui jeta un regard intrigué.
Après quelques minutes d'explication, les deux nouveaux alliés rejoignirent leurs compagnons à l'intérieur de la ferme. Les nains étaient occupés à

extraire l'assassin survivant de sa prison de bois. Mais l'homme, apercevant Vander, fut pris d'un regain d'espoir. Il se dégagea de l'étreinte d'Ivan, donna un coup de poing dans l'œil du nain et se précipita vers le firbolg en criant :

— Maître !

— Celui-là, il ne va pas faire long feu, grommela Ivan.

L'épée de Vander fendit l'air et coupa l'assassin en deux. Même les nains ne purent s'empêcher de frissonner devant ce spectacle. Le firbolg se contenta de hausser les épaules.

— Si vous le connaissiez aussi bien que moi, vous l'auriez tué depuis longtemps.

— Mais pas comme ça ! protesta Ivan. Maintenant, il va falloir tout nettoyer !

Cadderly ferma les yeux et sortit de la pièce. S'habituerait-il un jour à toute cette violence ?

Il espérait que non.

*

* *

Vander conduisit les quatre amis aux tombes du fermier et de sa famille, expliquant qu'il avait obligé les Masques de la Nuit à enterrer ces pauvres gens.

Danica jeta un regard intrigué à Cadderly ; elle se demandait s'il allait tenter de les ressusciter.

Pour toute réponse, il secoua la tête. Il manquait de temps ; il était déjà épuisé et voulait ménager ses forces pour la suite des événements. De plus le souvenir des ombres entraînant l'âme des tueurs le tourmentait encore ; il n'avait guère envie de faire une nouvelle incursion dans le royaume des esprits.

Le soleil disparaissait à l'horizon, et Cadderly ramena Vander dans la grange. Fantôme risquait de revenir d'une minute à l'autre, soit physiquement, soit spirituellement.

Le jeune prêtre sortit ses disques, laissant les rayons du couchant se refléter sur le cristal. Il hypnotisa le firbolg — avec son consentement — et pénétra dans ses pensées comme il l'avait fait avec Danica. Vander mit une main dans sa poche, serrant l'amulette que lui avait donnée Cadderly, comme si ce contact pouvait améliorer celui de leurs cerveaux.

Peu de temps après, le jeune homme était installé dans la grange, tandis que dansaient dans son esprit de superbes images de montagnes enneigées.

# CHAPITRE XXIV

## TRAHISONS EN CASCADE

Porté par des vents invisibles, l'appel fondit sur le firbolg.

Cadderly sentit la peur de l'être et comprit que Fantôme venait de se manifester.

*Reste calme,* dit-il télépathiquement à Vander. *Ne laisse pas ta frayeur ou ta colère me gêner.*

L'appel de l'assassin tenta de pénétrer l'esprit du firbolg, mais le jeune prêtre le repoussa.

*Vander ?* questionna Fantôme, au loin.

Cadderly lui renvoya l'écho de sa question.

*Vander !*

Le tueur brûlait de colère. Malgré la gravité de la situation, le jeune érudit ne put s'empêcher de sourire. Il était content d'avoir réussi à énerver le petit homme.

L'appel mourut. Mais son adversaire n'abandonnerait pas la partie aussi facilement...

Cadderly entendit Vander siffler à quelques pas de lui.

— Bats-toi ! ordonna-t-il.

Ivan et Pikel se positionnèrent de chaque côté de la stalle, selon leurs instructions. Si l'assassin réussissait à pénétrer dans le corps de Vander, les nains lui sauteraient dessus avant qu'il recouvre ses esprits.

Mais Cadderly n'avait aucune intention de laisser faire Fantôme, pas tant que celui-ci disposait d'un corps à l'abri, à Carradoon. Invoquant l'image de ses disques tournoyants, le jeune prêtre la partagea avec Vander. Ensemble, ils étudièrent le mouvement hypnotique du cristal, se remémorant les chants défensifs qu'ils avaient préparés.

De nouvelles sensations maléfiques les assaillirent. Le jeune homme pria pour que leur adversaire ne se rende pas compte qu'il avait affaire à *deux* esprits.

*

* *

— Tu me défies ? grogna Fantôme dans la ruelle obscure.

Sans Vander, le tueur était vulnérable ; il ne pouvait tolérer ce type de comportement de la part du firbolg. Celui-ci était sa sortie de secours en cas de problèmes. S'il parvenait à bloquer le transfert, Fantôme serait en danger.

Le tueur poussa un long soupir. Que se passait-il à la ferme ? Cela avait-il quelque chose à voir avec Cadderly ? Mais si le jeune prêtre et ses compagnons avaient attaqué les Masques de la Nuit, Vander aurait certainement prévenu son maître. A moins qu'il n'en ait pas eu le temps...

Fantôme repoussa cette idée. Vander était toujours en vie, il l'avait reconnu. Il ne devait pas céder à la paranoïa ; c'était dangereux pour un professionnel comme lui. Le firbolg avait déjà tenté de lui résister plusieurs fois.

D'ici quelques heures, Fantôme rappellerait son réceptacle et effectuerait le transfert. Vander ne réussirait pas à maintenir longtemps ses défenses mentales. Et l'assassin serait alors libre d'essayer des punitions plus amusantes les unes que les autres...

Tout de même, depuis le début, beaucoup de choses clochaient dans cette affaire. Fantôme ne pouvait pas se permettre de croire aux coïncidences, surtout qu'il avait perdu la trace de Cadderly et de ses compagnons depuis plusieurs heures.

Il décida donc de rentrer à la ferme. Se glissant hors de la ruelle, il fit apparaître ses gants dépareillés et se dirigea vers un milicien à cheval.

Inutile de prendre des risques supplémentaires.

*
* *

Perchée sur le toit de la ferme, Danica ajusta son loup noir et argent, puis tira sa capuche sur sa tête. Deux cavaliers approchaient sur une même monture. La jeune femme pointa son arbalète dans leur direction. Elle reconnut le petit homme de la *Braguette du Dragon*, et tous ses instincts lui crièrent de tirer. Mais Cadderly le lui avait interdit, expliquant que leur adversaire ne serait peut-être pas celui dont il avait l'air. Sans compter que le cavalier qui tenait la bride de la monture portait l'uniforme de la garde de Carradoon...

— C'est un ami, dit le petit homme en apercevant Danica sur le toit.

La jeune femme sourit — son déguisement fonctionnait.

Le milicien amena son cheval dans la cour de la ferme et se retourna vers l'assassin pour lui dire quelque chose que Danica ne saisit pas. Puis il mit pied à terre et se dirigea vers la grange.

La jeune femme ne savait plus quoi faire. Cadderly avait dit que Fantôme viendrait chercher Vander, pas qu'il amènerait un garde avec lui !

Elle fut encore plus surprise en voyant le milicien escalader la gouttière au lieu de pénétrer à l'intérieur du bâtiment. Il se trouvait à mi-hauteur lorsque le petit homme, toujours en selle, le remarqua et pâlit.

— Mais qu'est-ce qui se passe ? chuchota Danica.

Elle jeta un coup d'œil de l'autre côté de la cour pour voir si Ivan et Pikel étaient en vue.

Le garde se hissa sur le toit. La jeune femme remarqua qu'il portait des gants dépareillés. Sans prêter attention à elle, l'homme baissa les yeux vers son compagnon.

— Désolé, mais tu ne me sers plus à rien.

Il éclata d'un rire dément et plongea tête la première. Danica entendit un choc sourd, un gémissement... Puis plus rien.

Lorsqu'elle se pencha par-dessus le bord du toit, le tueur se tenait debout à côté du garde mort. Il avait repris les gants dépareillés. L'homme leva les yeux vers la jeune femme, haussa les épaules et avança vers la porte de la grange.

*

* *

— Tu m'as résisté, dit Fantôme sur un ton menaçant. Je t'avais prévenu, pourtant.

— Mais toute cette affaire est si... répugnante, protesta Vander, nerveux.

Il se mordit les lèvres, espérant que ses nouveaux alliés allaient surgir et mettre un terme à son cauchemar.

— Je ne parle pas de Cadderly, rétorqua l'assassin. Ne doute pas que je m'occuperai de lui en temps voulu. Je suis venu ici pour avoir une petite discussion avec l'impudent qui a osé repousser mon appel...

— Je n'ai pas...

— Silence ! Tu sais ce qui va t'arriver. Comment puis-je travailler dans de bonnes conditions si mon plus précieux associé me trahit ?

*Ton plus précieux réceptacle*, corrigea mentalement Vander. Mais il se garda bien d'ouvrir la bouche.

Fantôme fit quelques pas dans la grange et reprit :

— Tu te souviens de ce qui est arrivé à ton frère, n'est-ce pas ?

Il sourit de toutes ses dents en voyant les poings de Vander se serrer.

*
* *

Ivan jeta un coup d'œil par une fente du mur de la stalle et se tourna, inquiet, vers Pikel et Cadderly.

Le jeune prêtre était trop absorbé par sa communication télépathique avec Vander pour s'en rendre compte. Il sentait monter la colère du firbolg, et celle-ci menaçait de briser leur lien. Ils avaient déjà eu du mal à repousser Fantôme lorsque l'assassin se trouvait à Carradoon ; comment allaient-ils s'en sortir maintenant que leur ennemi se tenait à quelques pas ?

*Du calme,* enjoignit Cadderly à Vander. *Reste calme et tout ira bien.*

*
* *

— Voyons... Quelle punition choisir ? dit Fantôme prenant un air pensif.

Sa main tenait quelque chose de rond et de doré que le firbolg distinguait mal.

— Je ne t'en avais encore jamais parlé, poursuivit le tueur, doucereux, mais je ne me suis pas contenté d'arracher le bras à ton fils.

Les yeux de Vander s'agrandirent sous le choc ; son rugissement ébranla les murs de bois de la grange.

— On y va ? chuchota Ivan, profitant de la couverture sonore.

Un mur écarlate bloqua la vision de Cadderly. Le jeune prêtre perdit le contact avec son allié. Le temps qu'il le rétablisse, il serait peut-être déjà trop tard...

Bondissant sur ses pieds, il serra dans une main l'anneau enchanté et dans l'autre la baguette dérobée à Dorigène.

— Non ! s'écria-t-il, jaillissant hors de la stalle.

Il se calma en voyant que Vander avait la situation en main, au sens littéral du terme. Haletant de rage, il avait saisi le petit homme à la gorge et le secouait comme un prunier.

— Vander ! Il est mort..., dit Cadderly.

Mais le firbolg ne fit pas attention à lui. Avec un rugissement de colère, il projeta l'assassin contre le mur de la grange.

— Il reviendra ! gémit-il. Il est toujours revenu ! Je ne peux pas lui échapper.

— Comme un troll, fit remarquer Ivan.

— Un troll ?

Une idée traversa l'esprit de Cadderly. Il tendit son poing devant lui.

— *Fete* !

Un dard jaillit vers le cadavre du petit homme. Incinérer le corps pour empêcher à tout jamais l'homme de nuire à Vander une bonne idée. Puis il jeta un coup d'œil au firbolg... Celui-ci arborait un rictus sinistre. Baissant les yeux, Cadderly s'aperçut qu'une des mains de l'être portait un anneau d'or qui ne s'y trouvait pas quelques heures auparavant...

*Aurore.*

— Ivan ! s'exclama le jeune prêtre en faisant volte-face.

Le firbolg brandit son épée en direction du nain mais Cadderly fut le plus rapide.

— *Mas illu !* cria-t-il en tendant sa baguette.

Une explosion de couleurs aveugla le firbolg, qui, emporté par son élan, lança son arme sur Ivan. Par bonheur, ce dernier avait eu le réflexe de se laisser tomber à terre. L'épée siffla au-dessus de sa tête, accrochant un des andouillers de son heaume et l'envoyant rouler au loin.

Sans se démonter, le nain saisit sa hache, se releva et chargea, aussitôt imité par son frère.

Danica s'était glissée dans la grange. Comprenant ce qui se passait, elle tira un carreau en direction du géant.

Le projectile atteignit sa cible à l'épaule, mais ne parut pas lui faire grand mal. Le firbolg repoussa les deux nains et se dirigea vers Cadderly. D'instinct, le jeune prêtre tendit un poing devant lui.

Il se reprit à temps en songeant aux conséquences pour Vander. Pour l'heure, le pauvre firbolg était prisonnier du cadavre du petit homme. Mais l'anneau de régénération ne pouvait pas agir sur la chair calcinée. Si Cadderly incinérait le véritable corps du géant, celui-ci ne le récupérerait jamais...

Pikel abattit sa massue sur Fantôme, qui le saisit par sa tunique et l'éleva jusqu'à son visage. Mais le nain n'était pas à bout de ressources. Il enfonça son pied noueux chaussé d'une sandale dans la narine droite de son adversaire, puis agita ses orteils odorants.

Toussant et éternuant, le firbolg, dégoûté, projeta Pikel contre le mur et s'essuya la figure. Lorsqu'il se tourna à nouveau vers Cadderly, celui-ci braquait sur lui l'extrémité de sa baguette.

— *Illu*, dit le jeune prêtre.

Ebloui, le faux Vander ferma les yeux. Danica en profita pour lui loger un second carreau dans l'estomac.

Fantôme poussa un rugissement et chargea à l'aveugle, agitant son épée au hasard. Il heurta la porte de la grange, l'arracha à ses gonds et poursuivit son chemin.

Danica tira encore, l'atteignant à l'omoplate. Le géant voulut faire demi-tour pour affronter l'arbalétrier invisible. Pikel en profita pour lui glisser sa massue entre les jambes et le faire trébucher. Le firbolg s'étala de tout son long.

Aussitôt, Ivan bondit et abattit sa hache. Son adversaire parvint à se relever et donna un coup d'épée dans l'air. Il n'atteignit qu'un jeune arbre, qu'il déracina. Grognant de rage, Fantôme sentait ses ennemis le harceler de toutes parts.

Impossible d'utiliser le *Ghearufu*. Les quatre compagnons l'assaillaient sans relâche ; la seule chose qu'il pouvait espérer était de les tenir à distance avec son épée, jusqu'à ce que cette maudite lumière blanche se dissipe...

Sa cheville blessée céda et il tomba à genoux. Ivan lui flanqua un coup de hache dans la colonne vertébrale. Fantôme sentit une douleur cuisante, puis plus rien. C'était comme si ses jambes étaient mortes. Il tenta de se relever et s'effondra au pied du grand orme.

Il entendit les quatre compagnons se rapprocher, mais n'eut même pas la force de brandir son épée pour les repousser.

— On l'a eu ! s'exclama Ivan. Tu veux qu'on te le ligote pour l'interroger ?

Impassible, le jeune prêtre secoua la tête. La perte de son corps ne suffirait pas à mettre Fantôme hors d'état de nuire. Sans hésiter, il saisit ses disques tournoyants et les projeta de toutes ses forces vers la tempe du firbolg.

Fantôme eut un dernier soubresaut, puis s'immobilisa.

Bouche bée, Danica se tourna vers son bien-aimé. Un tel comportement ne lui ressemblait pas.

— Récupère tes carreaux, ordonna Cadderly, mais surtout ne lui ôte pas son anneau.

La dernière image qu'il vit fut celle de ses amis échangeant des regards surpris. Mais il n'avait pas le temps de leur expliquer.

Le monde des esprits l'attendait.

*

* *

Cadderly plongea dans le flot du chant de Dénéir et émergea dans les éthers. Autour de lui, les silhouettes de ses compagnons n'étaient plus que des taches grises et indistinctes. Comme il s'y attendait, il vit l'esprit de Fantôme assis près du cadavre du géant. La tête inclinée, l'assassin attendait que l'anneau de régénération fasse son travail.

Le jeune prêtre avait deux possibilités : retourner en arrière et ôter la bague de la main de Vander, ou aller chercher le véritable propriétaire du corps. Il opta pour la seconde solution.

L'esprit du firbolg était prostré dans la grange, terriblement effrayé.

*Toi aussi ?* pensa-t-il en voyant approcher le jeune prêtre.

*Je ne suis pas mort,* expliqua Cadderly.

Il fit signe à son allié de le suivre et lui indiqua ce qu'il devrait faire.

Ensemble, les deux compagnons se jetèrent sur Fantôme et parvinrent à le pousser loin du corps du géant.

*Vous ne m'arrêterez pas,* hurla l'esprit de l'assassin.

Cadderly jeta un coup d'œil par-dessus son épaule.
*Vas-y,* ordonna-t-il à Vander.

Le firbolg s'élança ; Fantôme voulut lui emboîter le pas.

*Non !*

Le jeune prêtre sourit en voyant ralentir l'esprit. Le temps que celui-ci réussisse à franchir la barrière mentale qu'il avait érigée, Vander se glissait déjà dans son corps.

*Tu es perdu,* dit Cadderly en relâchant Fantôme.

Sans hésiter, celui-ci se précipita vers le seul autre réceptacle disponible.

*

* *

— Par les poils de ma barbe ! grommela Ivan en agitant sa hache au-dessus de la tête de Vander. On dirait qu'il est en train de ressusciter...

Danica saisit le bras du nain tandis que Pikel, curieux, se penchait pour observer le phénomène.

Un étrange gémissement sortant de la bouche de Cadderly les fit sursauter. Le corps du jeune prêtre se mit à trembler, ses yeux à papilloter ; ses lèvres se tordirent comme s'il essayait de dire quelque chose.

Fantôme était arrivé le premier. Cadderly se précipita à sa suite. Il ressentit la cuisante brûlure de la rematérialisation et s'aperçut qu'il n'était pas seul.

*Sors de là !*

Pour toute réponse, Fantôme poussa un peu plus fort. Le jeune prêtre se sentit glisser hors de son corps...

Il ne devait pas céder, sans quoi il serait perdu à jamais.

Faisant appel au souvenir de sa bataille spirituelle contre Druzil, il invoqua le chant de Dénéir, espérant y trouver un indice qui lui donnerait l'avantage.

Fantôme avait beaucoup plus d'expérience que lui en matière de possession. Depuis plus d'un siècle et demi, il effectuait des transferts avec des victimes non consentantes... Mais aucune foi ne le portait !

Le combat se réduisant au choc de deux volontés — une épreuve de force mentale —, le tueur n'avait pas l'ombre d'une chance.

*Sors de là !*

Cadderly vit les silhouettes de ses amis se dessiner clairement sous ses yeux. Il replongea dans le monde des esprits ; Fantôme s'éloignait, le visage tordu par la rage.

*Tu n'as pas encore gagné !*

*Si,* rétorqua le jeune prêtre. *Tu n'as rien à quoi te raccrocher dans le plan matériel.*

*Mais j'ai conservé le* Ghearufu *! Tu ne connais pas son pouvoir ! Je trouverai une autre victime. Et alors, je reviendrai te tuer ! Je reviendrai !*

Avant que Cadderly commence à s'inquiéter, une tache noire se forma sur le sol.

*Qu'est-ce que c'est ?* s'écria Fantôme, paniqué.

Une main noire jaillit de terre, saisit la cheville de l'esprit maléfique et l'attira à elle. L'assassin se débattit un court instant. En vain.

Des mains lui saisirent les poignets, et une nuée d'ombres s'éleva autour de lui.

*
* *

Cadderly rouvrit les yeux. Ivan et Danica le soutenaient, et Pikel le dévisageait avec curiosité. Le jeune homme se sentait si fatigué que, sans ses amis, il se serait probablement effondré.

— Eh ? pépia le nain à la barbe verte.

— Tout va bien, dit Cadderly d'une voix tremblante.

Il regarda Danica, qui lui sourit. La jeune femme ne doutait pas de son identité.

— Le firbolg a ressuscité, annonça Ivan.

— Il est revenu grâce au pouvoir de l'anneau. Vous pouvez avoir confiance, c'est bien Vander.

Le jeune prêtre prit une longue inspiration pour empêcher le monde de tourner autour de lui. Sa tête lui faisait atrocement mal.

— A la grange, dit-il en se dégageant pour faire un pas en avant.

Il se sentit tomber et s'évanouit avant même d'avoir touché le sol.

*
* *

Il fallut à Cadderly plusieurs minutes pour reprendre ses esprits. S'il devina qu'il se trouvait dans la grange, ce fut plus à cause de l'odeur de chair brûlée que grâce aux images floues qui dansaient devant ses yeux.

Il cligna des paupières. Ses amis se trouvaient à côté de lui.

— Ils viennent d'apparaître, annonça Danica en désignant trois objets sur le cadavre calciné.

Un miroir doré et deux gants dépareillés...

— Le *Ghearufu*, soupira Cadderly.

Il se dressa sur les coudes pour mieux regarder. Une sensation de faim malveillante le fit frissonner.

— L'un d'entre vous y a touché ?

— Pas encore, répondit Danica. Nous avons décidé que le mieux était de les ramener à l'Edifiante Bibliothèque pour les étudier.

Le jeune prêtre n'était pas d'accord, mais le moment était mal choisi pour discuter. Il se contenta donc de hocher la tête.

— Vander s'est-il réveillé ?

— Tu rigoles ! Il va lui falloir des semaines pour s'en remettre ! s'exclama Ivan.

Connaissant les pouvoirs de l'anneau de régénération, Cadderly savait que le nain se trompait. Aussi ne fut-il pas surpris de voir le firbolg pénétrer dans la grange.

— Par les poils de ma barbe ! souffla Ivan.

— Oï oï ! glapit Pikel.

— Bienvenue parmi nous ! lança Cadderly. Tu es débarrassé de Fantôme ; tu t'en doutais déjà, je crois. Si tu veux rentrer chez toi, nous pouvons t'escorter jusque dans les Monts-Flocons.

— Non, dit Vander, déterminé.

Les quatre compagnons le regardèrent, inquiets. Se pouvaient-ils qu'ils se soient trompés à son sujet ?

Mais le firbolg leur sourit.

— Je sais où se trouve Château-Trinité, votre véritable ennemi. Et j'ai l'habitude de payer mes dettes.

# ÉPILOGUE

Les prêtres du temple regardèrent avec curiosité les quatre inconnus se diriger vers les chambres d'invités.

Entendant du vacarme dans le couloir, Rufo entrouvrit sa porte.

— Bonjour à toi, grommela Ivan.

Posant une main sur la poitrine du prêtre, il le repoussa dans la pièce.

Les trois autres entrèrent à sa suite ; Danica referma le battant derrière eux.

— Alors, surpris de me revoir vivant ? demanda Cadderly en ôtant sa cape bleue d'un geste théâtral.

Rufo ouvrit la bouche mais aucun son n'en sortit. Il ne savait pas quoi dire ; des dizaines de questions se bousculaient dans son esprit. Que savait le jeune prêtre ? Où se trouvaient le magicien et les autres assassins ?

— Les Masques de la Nuit sont morts, annonça Cadderly comme s'il lisait dans ses pensées. Et Bogo Rath aussi.

— Celui-là, je l'ai bien eu, dit Ivan tout bas.

Pikel jeta un regard approbateur à la hache de son frère.

— Mort, répéta le jeune prêtre en marquant une pause. Comme Avery.

Le visage anguleux de Rufo devint livide. Son esprit chercha frénétiquement un mensonge qui pourrait le tirer d'affaire.

— Ne te fatigue pas. Nous savons tout, annonça Danica.

— Je ne m'attendais pas à ça de ta part, dit Cadderly en logeant sa canne de marche au creux de son bras. Même après ce qui s'était passé à la Bibliothèque et à Shilmista.

Rufo passa ses doigts osseux dans ses cheveux noirs, cherchant une échappatoire.

— Je ne sais pas de quoi vous parlez. Quand on a découvert le corps d'Avery, j'ai pensé que j'étais en danger. Comme vous aviez disparu, je suis venu me réfugier ici, parmi mes amis du clergé d'Ilmater.

— Tu avais sans doute peur que tes alliés se retournent contre toi ? demanda Danica, sarcastique.

— Je ne comprends pas, bégaya Rufo.

La jeune femme le poussa sur le lit et avança, l'air menaçant. Mais Cadderly s'interposa.

— Tu as conduit Avery à la mort, dit-il abruptement, comme tu m'as trahi à la Bibliothèque, comme tu as vendu tes amis dans la forêt. Ne t'attends pas à ce que nous te pardonnions cette fois, Kierkan Rufo ! Tu as le sang du principal sur les mains ; tu t'es engagé sur un chemin duquel on ne revient pas.

Le souvenir des ombres surgit dans l'esprit de Cadderly. Songeant à ce qui attendait Rufo, il ne put s'empêcher de frissonner.

— Tenez-le, ordonna-t-il aux nains.

— Qu'est-ce que tu veux faire ? protesta l'homme. Mes amis vont t'entendre ! Ils ne te laisseront pas...

Ivan lui coupa la parole :

— Ilmater est le dieu de la souffrance. Avec ce que tu vas subir, ils t'élèveront une statue.

Rufo se débattit et tenta de mordre Pikel, mais les nains étaient bien trop forts pour lui.

Cadderly commença à incanter en faisant des gestes étranges. Son index se mit à briller ; il le tendit vers le front de Rufo.

— Non ! cria ce dernier d'une voix étranglée. Laisse-moi m'expliquer !

— Assez de mensonges, siffla Danica en lui tirant la tête en arrière.

Le prêtre poussa un hurlement en sentant le doigt enchanté de Cadderly le marquer comme un fer rouge.

La malédiction de Dénéir était maintenant sur lui, une bougie brisée surplombant un œil fermé. Rufo se mit à gémir, non de douleur mais de désespoir en songeant à ce que le jeune prêtre venait de lui faire.

*Marqué.* Il sentait la répugnante odeur et savait qu'elle le suivrait jusqu'à la fin de ses jours, éloignant de lui hommes et animaux.

— Tu ne devras jamais la dissimuler, lui rappela Cadderly. Tu sais quelles en seraient les conséquences.

Oui. Cacher une marque de Dénéir ne faisait que l'enfoncer vers le cerveau, provoquant une mort atrocement douloureuse. Rufo regarda son bourreau, furieux.

— Comment oses-tu ? Tu n'es pas un principal ! Tu n'as pas le pouvoir de...

— J'aurais pu te livrer à la garde, lâcha Cadderly. Si tu préfères, je peux aller chercher les miliciens, leur raconter ce que tu as fait et les laisser te pendre haut et court. ( Rufo détourna la tête. ) Et si tu doutes de mon droit à t'imposer la marque de Dénéir, tu n'as qu'à la cacher. Nous saurons vite qui de nous deux avait raison. ( Il ôta son chapeau et le tendit au prêtre. ) Allez, vas-y.

La porte s'ouvrit ; un homme chauve coiffé d'une calotte écarlate pénétra dans la pièce. Derrière lui se pressaient une douzaine de disciples.

— Grand prêtre ! s'exclama Rufo, plein d'espoir.

— Ils ont entendu ses cris et cru qu'ils avaient un nouvel adepte, chuchota Ivan à l'oreille de Danica.

Malgré le tragique de la situation, la jeune femme ne put s'empêcher de rire.

Le prêtre d'Ilmater renifla et prit un air dégoûté. Il dévisagea Rufo, puis Cadderly, et demanda :

— Alors ? Que s'est-il passé ?

— Ils... ils m'ont trahi ! s'écria leur invité, désespéré. ( Il désigna Cadderly du doigt. ) Il a conduit le principal Avery à la mort ! Et maintenant, il veut me faire porter le chapeau !

— Justement, dit le jeune prêtre sans se démonter.

Il tendit à nouveau son couvre-chef.

Rufo laissa retomber son bras. Il était perdu, et il le savait. Il ne pouvait pas cacher la marque de Dénéir. Par cela, il reconnaissait sa culpabilité.

— Kierkan Rufo, je t'ordonne de sortir d'ici, tonna le grand prêtre. Sache que tu ne pourras plus pénétrer dans un temple d'Ilmater, et qu'aucun membre de notre Ordre ne te témoignera plus ni sollicitude ni respect.

Ces mots sonnèrent aux oreilles de Rufo comme le bruit du marteau enfonçant le premier clou dans son cercueil. Inutile de discuter. Il se dirigea vers le coffre contenant ses affaires, mais le grand prêtre d'Ilmater ne l'entendait pas ainsi.

— Tout de suite ! rugit-il. Tes biens seront éparpillés dans l'allée. Va-t'en !

Ivan et Pikel, toujours serviables, saisirent Rufo par les bras et le jetèrent dehors. Personne ne prit la défense du paria.

Les prêtres marqués n'avaient pas d'alliés.

*
* *

Il restait à Cadderly une dernière chose à faire avant de quitter Carradoon. Un prêtre qui vivait à l'extérieur des murs de la ville lui vint en aide. A la requête du jeune homme, il conduisit les cinq compagnons — Vander ayant repris son apparence magiquement altérée de barbare roux —, jusqu'à une tombe, dans le cimetière de son église.

Cadderly s'agenouilla, rempli de pitié et de chagrin.

— Pauvre Jhanine. Elle est partie à la recherche de son mari et elle l'a trouvé mort au bord de la route.

— Tu connaissais cet homme ? demanda Danica.

Son bien-aimé hocha gravement la tête.

— Tu as l'intention d'aller le chercher ?

Cadderly se tourna vers la jeune femme, mais ses yeux revoyaient la scène qui s'était déroulée dans la campagne quelques jours auparavant.

« *Pourrais-tu tous les guérir ? Tous les maux du monde disparaîtraient-ils devant un jeune prêtre de Dénéir ?* » avait demandé Sans-Nom.

Il secoua la tête. Danica ne comprenait pas. La résurrection n'était pas un acte simple. Cadderly avait secrètement essayé de rappeler les esprits du fermier, de sa famille et du malheureux milicien mort dans le repaire des tueurs. Mais il avait échoué. Depuis, il savait qu'il ne pouvait pas vaincre le destin. La résurrection était un cadeau des dieux, pas un sort. Pour qu'elle soit possible, il fallait réunir de nombreuses conditions. Et Cadderly n'avait pas l'intention de contester les décisions de Dénéir...

— Mes pouvoirs sont pour les vivants, dit-il simplement.

Il récita une prière pour Sans-Nom, invitant les dieux qui l'écoutaient à accorder à cet homme la paix qui lui avait été si longtemps refusée.

Puis ils retournèrent dans l'église, et donnèrent au prêtre une grosse somme, lui demandant de le remettre à Jhanine et à ses enfants.

— Alors, crois-tu pouvoir guérir tous les maux du monde ? demanda Danica lorsque les compagnons se remirent en route.

— Je ferai ce que je pourrai. C'est ce que chacun d'entre nous devrait être prêt à donner au monde.

Une brise fraîche soufflait d'ouest en est, leur rappelant que l'hiver n'était pas loin. Cadderly leva la tête vers l'imposante silhouette des Monts-Flocons. Quelque part au loin se dressait l'Edifiante Bibliothèque.

Peut-être était-il temps de rentrer à la maison.

# LISTE des MAGASINS PARTENAIRES
# PASSION Jeux de Rôles

**FRANCE**

13 - BOUCHES DU RHÔNE

**CRAZY ORQUE SALOON**
11 rue Jean Roque, 13001 Marseille
Tel: 91 33 14 48

**LE DRAGON D'IVOIRE**
64 rue Saint-Suffren, 13006 Marseille
Tel: 91 37 56 66

21 - CÔTE D'OR

**EXCALIBUR**
44 rue Jeannin, 21000 Dijon
Tel: 80 65 82 99

25 - DOUBS

**CADOQUAI**
7 quai de Strasbourg, 25000 Besançon
Tel: 81 81 32 11

31 - HAUTE GARONNE

**JEUX DU MONDE**
Centre commercial Saint-georges, 31000 Toulouse
Tel: 61 23 73 88

33 - GIRONDE

**LE TEMPLE DU JEU**
62 rue du pas Saint-Georges, 33000 Bordeaux
Tel: 56 44 61 22

34 - HÉRAULT

**EXCALIBUR**
8 rue Cauzit, 34000 Montpellier
Tel: 67 60 81 33

**LIBRAIRIE DES JOURS MEILLEURS**
8 promenade Jean Baptiste Marty, 34200 Sète
Tel: 67 74 86 99

35 - ILLE-ET-VILAINE

**L'AMUSANCE**
Centre commercial des Trois Soleils,
35000 Rennes
Tel: 99 31 09 97

38 - ISÈRE

**EXCALIBUR**
18 rue Champollion, 38000 Grenoble
Tel: 76 63 16 41

44 - LOIRE-ATLANTIQUE

**BROCÉLIANDE**
2 rue J.-J. Rousseau, 44000 Nantes
Tel: 40 48 16 94

51 - MARNE

**EXCALIBUR**
9 rue Salin, 51100 Reims
Tel: 26 77 91 10

54 - MEURTHE-ET-MOSELLE

**EXCALIBUR**
35 rue de la commanderie, 54000 Nancy
Tel: 83 40 07 44

57 - MOSELLE

**LES FLÉAUX D'ASGARD**
2 rue Saint-Marcel, 57000 Metz
Tel: 87 30 24 25

59 - NORD

**ROCAMBOLE**
41 rue de la Clé, 59800 Lille
Tel: 20 55 67 01

67 - BAS-RHIN

**PHILIBERT**
12 rue de la Grange, 67000 Strasbourg
Tel: 88 32 65 35

69 - RHÔNE

**LE TEMPLE DU JEU**
268 rue de Créqui, 69007 Lyon
Tel: 72 73 13 26

74 - HAUTE-SAVOIE

**VIRUS**
13 rue Filaterie, 74000 Annecy
Tel: 50 51 71 00

75 - PARIS

**TEMPS LIBRE**
22 rue de Sévigné, 75004 Paris
Tel: (1) 42 74 06 31

**GAMES IN BLUE**
24 rue Monge, 75005 Paris
Tel: (1) 43 25 96 73

76 - SEINE MARITIME

**LE DÉ D'YS**
160 rue Eau de Robec, 76000 Rouen
Tel: 35 15 47 46

86 - VIENNE

**LE DÉ À TROIS FACES**
35 rue Grimaud, 86000 Poitiers
Tel: 49 41 52 10

87 - HAUTE-VIENNE

**LA LUNE NOIRE**
3 rue de la boucherie, 87000 Limoges
Tel: 55 34 54 23

94 - VAL-DE-MARNE

**L'ECLECTIQUE**
Galerie Saint-Hilaire
94210 La Varenne Saint-Hilaire
Tel: (1).42 83 52 23

**EUROPE**

SUISSE

**AU VIEUX PARIS**
1 rue de la Servette, Genève 1201
Tel: 41 22 734 25 76

**DELIRIUM LUDENS**
Rüschli 17/CP 677, CH 25 02 Bienne
Tel: 41 32 236 760

BELGIQUE

**CHAOS**
Galerie Gerardrie, 4000 Liège
Tel: 32 41 212 920

Les Magasins **PASSION Jeux de Rôles** sont des spécialistes des jeux de rôles, des jeux de plateau et des wargames, demandez-leur le catalogue.

*Achevé d'imprimer en février 2000*
*sur les presses de Cox & Wyman Ltd*
*(Angleterre)*

FLEUVE NOIR – 12, avenue d'Italie
75627 PARIS – CEDEX 13.
Tel: 44.16.05.00

Dépôt légal : décembre 1996
*Imprimé en Angleterre*